Carnets

© Éditions de L'Herne, 2019
2, rue de Bassano
75016 Paris
lherne@lherne.com
www.lherne.com

J.-K. Huysmans

LES RÊVERIES D'UN CROYANT GRINCHEUX

suivi de
Joris-Karl Huysmans *et* Biographie

Avant-propos d'André Guyaux

L'Herne

AVANT-PROPOS

Huysmans n'a fait que raconter sa vie, dans tout ce qu'il a écrit, et publié. Ses romans la racontent à leur manière. Même sa critique d'art est l'histoire de son regard sur la peinture. Avec quelques écarts, et quelques détours vers d'apparentes fictions, toute son œuvre est autobiographique. Les personnages de ses récits, Cyprien Tibaille dans *Les Sœurs Vatard*, André Jaillant dans *En ménage*, Folantin dans *À vau-l'eau*, des Esseintes dans *À rebours*, Jacques Marles dans *En rade* ou Durtal dans *Là-bas*, *En route*, *La Cathédrale* et *L'Oblat* sont les prête-noms de ses états d'âme. Et chaque roman reflète un moment de son existence. Il en a lui-même pleinement conscience. Les entretiens, nombreux, qu'il a accordés à des journalistes, les lettres, innombrables, qu'il a écrites à des amis, à des confrères, à des admiratrices, à des prêtres, ont été pour lui d'autres manières, plus directes, de parler de lui, de se confier parfois.

À côté et comme en contrepoint de cette vaste entreprise d'autobiographie par délégation générique, qui passe par la fiction romanesque, par l'interview de presse ou par l'échange épistolaire, il existe quelques rares textes de lui explicitement autobiographiques. Et chacun de ces textes est lié à une circonstance particulière. Prenons-les dans l'ordre chronologique.

En mars 1885, lorsque paraît un fascicule qui lui est consacré dans la série des *Hommes d'aujourd'hui*, Huysmans n'est plus un débutant. Ses romans ont eu un certain écho. Il a l'*aura* d'un dissident du naturalisme et dans le monde des lettres, on commente ses velléités de rupture avec le groupe de Zola. En mai 1883, il a réuni ses chroniques d'art, ses « Salons », en un volume intitulé éloquemment *L'Art moderne*, où il dénonce les peintres académiques, les bons élèves de l'École des beaux-arts, et où il prend la défense des « Indépendants », comme Degas, Pissarro ou Forain. Il a, surtout, en mai 1884, fait paraître *À rebours*, un roman qui le met en porte-à-faux avec Zola et le cercle de Médan. Des Esseintes, le héros de ce roman singulier est lui-même un homme singulier, un excentrique désespérément fataliste, un déclassé de luxe, qui soigne sa névrose en lisant Baudelaire et en accrochant des peintures de Gustave Moreau dans son salon, pour mieux rêver : il entre immédiatement dans la légende et devient le mentor de toute une génération « décadente ».

Pour Huysmans, après *À rebours*, l'occasion d'un premier bilan est donc la bienvenue. Un jeune éditeur, Léon Vanier, vient de reprendre la série des *Hommes d'aujourd'hui*, fondée en 1878 par Félicien Champsaur et André Gill et qui publie sur quatre pages des portraits de personnalités en vue. Huysmans accepte la proposition qui lui est faite de rédiger lui-même son portrait. Il le fait en le signant d'un pseudonyme, transparent pour ceux qui le connaissent : « A. Meunier ». Depuis une dizaine d'années, en effet, il partage sa vie avec une jeune femme d'origine modeste, qu'il ne songe apparemment pas à épouser mais qu'il appelle couramment « ma femme » lorsqu'il parle d'elle à ses amis : Anna Meunier. On observera qu'il s'en tient, pour signer cette courte autobiographie, à l'initiale du prénom, neutralisant ainsi, discrètement, l'hypothèse d'une signature féminine auprès de lecteurs non avertis.

Comme le veut la maquette de la série, la première page, la page de titre, qui porte un numéro, le n° 263 en l'occurrence, est ornée d'un vrai portrait, un dessin rehaussé de couleurs. Le portrait de Huysmans est dû au crayon d'un talentueux caricaturiste, Coll-Toc (pseudonyme d'Émile Cohl), qui montre l'écrivain passant la tête entre deux pages d'un grand cahier où figurent les titres de ses livres et enjambant un encrier, geste symbolique du grand écart que Huysmans est en train d'accomplir entre ses attaches naturalistes et ses aspirations à d'autres figurations esthétiques. D'autant que les yeux, tels que Coll-Toc les a dessinés, semblent atteints de strabisme… Cependant, la plume, plantée dans l'encrier, s'évase et vient caresser la joue gauche du visage avant de ressurgir, à la manière d'un plumet, derrière le crâne[1].

Une douzaine d'années plus tard, une nouvelle occasion se présente d'un autoportrait et d'un bilan. Après la publication, en février 1885, d'*En route*, le roman où Huysmans raconte sa conversion, une polémique éclate, mettant en doute la sincérité du converti. Le prêtre qui l'a confessé et dont il est devenu l'ami, l'abbé Mugnier, se porte à son secours en prononçant une conférence, le 19 mars. Mais la contestation ne faiblit pas. Elle rebondit même en février 1898, à la publication de *La Cathédrale*, le livre de Huysmans sur Notre-Dame de Chartres, sur l'art gothique, sur la symbolique médiévale, sur la tradition de l'art religieux et sur le culte de la Vierge. À nouveau l'abbé Mugnier s'engage et soutient son ami en s'associant au projet d'une anthologie de « pages catholiques » où figureront des extraits d'*En route* et de *La Cathédrale*. À la fin de 1898

---

[1]. Voir p. 52.

probablement, Huysmans lui fournit des notes, destinées à une préface. Cette fois, le texte est plus long. Il prend la forme d'un *curriculum* détaillé, nourri de citations d'articles de presse.

Depuis ses premiers livres, Huysmans collecte les articles consacrés à tout ce qu'il publie. Il était abonné à l'Argus, qui lui adresse les recensions de ses œuvres. Il colle ces coupures de presse sur de grands registres, pour les classer et les archiver. Il y met un soin obsessionnel. Plusieurs amis, dont Henri Bremond, ont été les témoins de cette inlassable activité de compilateur de sa propre « fortune » littéraire[2]. Et les notes biographiques transmises à l'abbé Mugnier puisent abondamment dans ces coupures de presse, que le préfacier ne manquera pas d'utiliser, bien sûr, avec modération : la préface de l'abbé Mugnier, en tête des *Pages catholiques,* qui paraîtront en novembre 1899, est très élogieuse, mais paraît comme en retrait par rapport à ce que, confidentiellement,

---

2. Voir Henri Bremond, « Huysmans », *Le Correspondant,* 10 juin 1907, p. 859.

Huysmans disait de lui-même.

Préempté par la bibliothèque de l'Arsenal lors d'une vente à l'hôtel Drouot le 16 décembre 2013, le manuscrit de ces « Notes pour la préface de l'abbé Mugnier », surtitrées « Biographie », jusque-là inconnues, ont été publiées en 2014, par Francesca Guglielmi, dans le numéro 107 du *Bulletin de la Société J.-K. Huysmans*. Cette première édition donne le texte de Huysmans en faisant apparaître les nombreux variantes, ajouts et corrections, témoignant de l'exigence formelle qui ne quitte pas l'écrivain, même lorsqu'il s'agit, comme ici, d'un document transitoire, à usage privé.

Resté inédit du vivant de Huysmans, soit parce qu'aucune option éditoriale n'avait pu aboutir, soit parce que l'auteur lui-même avait renoncé à le publier, le manuscrit *Les Rêveries d'un croyant grincheux*, appartenait à un collectionneur versaillais, Henry Trouvé, lorsque nous l'avons publié, Pierre Jourde et moi, en 1996, dans le numéro 89 du *Bulletin de la Société J.-K. Huysmans*, avec une préface de René Rancœur. On trouvera dans cette première édition le détail des corrections du texte et des variantes.

Le mot « Rêveries », que Huysmans a préféré au mot « Propos » dans une première formulation du titre, paraît à la limite de l'antiphrase lorsqu'on lit le texte de cette diatribe contre l'Église de France, ou plus exactement contre le catholicisme à la française. En octobre 1901, Huysmans quitte Ligugé, où il était oblat. Les moines, chassés par la loi sur les congrégations, l'avaient précédé en prenant, dès le mois de septembre, le chemin de l'exil. Il regagne Paris, où il n'est pas heureux. Et sa santé se détériore : les premiers symptômes apparaissent de la tumeur qui l'emportera. En mars 1903, il publie *L'Oblat*, dernier volume, après *Là-bas* (1891), *En route* (1895) et *La Cathédrale* (1898), de ce qu'on appelle couramment le « cycle de Durtal », du nom du protagoniste de cette tétralogie où Huysmans, réincarné en Durtal, fait le récit de son parcours spirituel.

Les Rêveries d'un croyant grincheux sont l'un des tout derniers textes de Huysmans. Il l'a probablement écrit après *Les Foules de Lourdes*. L'affaire Loisy, à laquelle ces *Rêveries* font référence, permet de le dater, avec une certaine probabilité, de l'année 1904. Comme l'écrit Huysmans à son amie Mme Huc le 17 décembre 1903, Alfred Loisy ne croyait pas à la Résurrection et contestait les sacrements. Il avait été démis de ses enseignements à l'Institut catholique de Paris en janvier 1903 et Rome, après de longs atermoiements, avait fini, en décembre, par mettre à l'Index cinq de ses ouvrages. Ce qu'en dit Huysmans est nécessairement postérieur à cette décision du Saint-Siège.

André Guyaux

LES RÊVERIES[3]
D'UN CROYANT GRINCHEUX

Quelle réponse faire à cette insoluble question : pourquoi un catholique pratiquant est-il plus bête qu'un homme qui ne pratique pas ?

Car enfin, cela est indéniable, celui qui fréquente les églises est inférieur à tous les points de vue aux mécréants. Causez avec eux, vous serez étonné de leur ignorance, de leur bégueulisme, de leur horizon étonnamment restreint, de la vacuité de leur cervelle, de la minutie même des lieux communs. Sous prétexte de fuir le péché, ils ont peur de leur ombre, voient dans l'art le commencement

---

3. Huysmans avait d'abord écrit « Propos », qu'il a biffé et remplacé par « Rêveries ».

de la perdition, sont en retard de plusieurs siècles.

Le catholicisme en France fait l'effet d'un déprimant. Est-ce donc la faute de la religion ? Pourquoi alors n'en est-il pas de même dans les autres pays, en Allemagne, en Angleterre, en Belgique, en Hollande, où les catholiques sont tout aussi instruits, tout aussi intelligents que les autres ?

Cela tient, je crois, à une éducation comprimée, dans l'obscurité de fenêtres fermées au monde, de gens munis d'œillères tournant comme des chevaux de manège, sur le même cercle. On fait de pieux mulets des croyants. On en a fait des êtres à part, pas au courant de la vie, on leur a déformé l'esprit, comme les Chinois déforment certaines parties du corps. Ne lisez pas tel livre, c'est un danger ; n'allez pas aux expositions de peinture, il y a des nus ; ne fréquentez pas les théâtres, c'est un lieu de perdition. Mais assistez au Salut du Saint Sacrement, tout est là !... Bref, ne faites rien, ne travaillez pas, baissez les yeux, fermez les oreilles, soyez un ignare et une oie.

C'est la théorie de la paresse intellectuelle érigée en dogme, de la peur. Les garantit-elle des chutes ? Hélas. Ils sont bâtis comme les autres, ils ne tuent pas plus que les autres le vieil homme, tout au plus parviennent-ils à l'engourdir, et lorsqu'il se désengourdit, les réveils sont terribles.

L'éducation religieuse ne préserve donc pas des fautes, elle aide même peut-être à les susciter par la peur qu'elle en suggère, qui tourne à l'idée fixe et amène fatalement la tentation.

L'homme qui passe alors sa vie à se débattre dans ces obsessions, n'est plus bon à rien. Les facultés se paralysent, le travail intellectuel s'en ressent. On tourne doucement au monomane.

Cette couveuse de vertus que furent les institutions religieuses a engendré, par la loi des contraires, les vices ; il semble bien vraiment que le système soit à changer. Il ne donnera, en tout cas, pas pis ; on a élevé ces gens-là comme on élèverait des moines, mais ils n'ont pas l'ambiance du cloître, la force de la prière en commun, lorsqu'on les jette, au sortir de la couveuse, en pleine vie. On les fait trop se regarder et pas assez Dieu. C'est le système des yeux en bas. Que voulez-vous qu'ils fassent ? Est-ce leur faute ?

Ils sont là, occupés exclusivement à regarder leur âme, incapables, avec leurs instincts timorés, de se défendre si on les attaque. Tout tourne mal, la religion subit un assaut. On geint et un bon prêtre, si ce n'est un évêque, conclut, en disant : « On ne prie pas assez, prions le Sacré-Cœur, il sauvera la France. »

Et tout le monde s'assied, ne bouge plus, remet tout à Dieu, en le chargeant d'arranger les choses.

Et c'est ainsi, du haut en bas de la société religieuse. Quand il s'agit de défendre la religion, les députés et les sénateurs catholiques font un beau discours et s'assoient. Et s'ils restaient seulement assis ! mais non. Voyez cette affaire des congrégations. Un pays se soulève, prêt à défendre ses sœurs. Aussitôt les députés catholiques arrivent et désarment les Bretons. Ils font le jeu du gouvernement, lui montrent qu'il n'a pas à craindre de verser le sang, qu'il peut crocheter en toute sécurité les couvents.

Puis, comme en dehors de la lâcheté de cette attitude, il est bon de dévoiler la bêtise enfantine des catholiques, on simule une défense ridicule, on jette du purin, par-dessus les murs, sur les assaillants, on joue à cache-cache avec une sœur qu'on fait enfermer sous scellés pour obliger le commissaire à redéfaire les scellés.

Est-ce assez enfantin et assez niais ?

Pendant ce temps, les congrégations qui, il faut bien le dire, ne tiennent pas au sol et sont indifférentes à un pays qui ne les connaissait que par leur âpreté au commerce et leur manie de bâtisse, se divisent. Les unes demandent l'autorisation, les autres n'en veulent pas. Dans ces instants douloureux, il faut qu'on soit comique. L'abbé de Solesmes rédige une belle lettre où il déclare que les Bénédictins sont le plus ancien ordre et que c'est à eux qu'il appartient de donner l'exemple... et il décampe !

Un seul ordre, dans cette débâcle, tient bon, se fait chasser de ses cloîtres et, resté dans le pays, porte bravement son costume et continue son apostolat : les fils de saint François. Il faut le noter à leur honneur.

Mais aussi, quelle malchance ! de la tête aux pieds du catholicisme, c'est un amas de gaffes.

Léon XIII qui fut une grande intelligence, dans toute la force du terme, mais un terrible

Italien ne croyant qu'aux combinaisons plus ou moins souterraines, exclusivement préoccupé de stratégies diplomatiques, casse le dernier ressort de la France conservatrice, en obligeant les catholiques à se rallier. Peu inspiré par l'Esprit saint, il ne se rend pas compte que sous le nom de République, c'est le vieil ennemi de l'Église, l'irréductible secte satanique qui l'assaille. Il fait, lui, Vicaire de Dieu, pacte avec le Démon. Les résultats, nous les connaissons.

Il meurt. Pie X lui succède. Et c'est juste le contraire qui se produit. Ce sont les gaffes en sens inverse qui pleuvent.

Le Saint-Siège, qui ne veut pas de la rupture du Concordat et de la séparation de l'Église et de l'État, est assez maladroit pour se mettre dans son tort et porter, elle-même *[sic]*, le premier coup au Concordat ; car malgré toutes ses dénégations, toutes les arguties, l'affreux Combes eut raison, lorsqu'à propos de l'incident des deux tristes évêques, le Geay et le Le Nordez, il dit à la Chambre : « Du moment qu'il faut deux pouvoirs pour faire un évêque, il en faut deux pour le défaire. »

C'est évident ; du moment que l'on réveillait l'affaire de ces deux rebuts que Léon XIII avait par prudence endormie, encore fallait-il consulter le gouvernement, agir en sourdine par des procédés plus ou moins francs, ne pas aller à l'aveuglette et fournir à un homme qui n'attendait qu'un prétexte, le moyen de vous tomber dessus et de vous vaincre.

Mais ce n'était pas assez : le président de la République rend visite au roi d'Italie et ne va pas voir le pape qui lui a fait savoir d'avance du reste qu'il se refusait à le recevoir. Là-dessus, le Vatican rédige une note de protestation aux puissances et quelques jours après dépêche le cardinal Svampa pour aller faire des mamours et saluer le roi d'Italie, à Bologne. « Offrir l'hommage de son respectueux dévouement à Sa M. le Roi » *sic*, et il dîne avec le Roi.

Or c'est celui-là, Victor-Emmanuel III, qui l'a spolié de son pouvoir temporel et non Loubet. Que signifient ces deux poids et mesures ? quelle contradiction, quelle incohérence !

Enfin, l'évêque de Dijon est cassé par le pape, qui lui a demandé sa démission. Il n'a donc plus rien à faire dans son diocèse, qu'il a quitté. Mais il y a un vicaire général à nommer et Rome lui rend ses pouvoirs pour le nommer.

Alors il est encore évêque de Dijon ? C'est de plus en plus la politique de l'incohérence. C'est de la diplomatie à la petite semaine, c'est un plat du jour le jour. Et nous sommes au début d'un règne ! Trop d'habileté chez l'un et chez l'autre, pas assez.

Que voulez-vous alors que pensent les quelques catholiques de bon sens qui examinent sans parti pris, les choses ? Ils se découragent et ne doutent plus que toutes les sottises seront commises, dès que l'occasion se présentera. Ils pensent qu'il serait bien utile d'avoir un pape qui ne fût plus un Italien, et un homme, vivant comme tout le monde et au courant des choses.

Faut-il parler aussi, pendant que nous y sommes, de l'affaire Loisy ? Je suis d'autant moins embarrassé pour exprimer mon opinion que je ne partage pas les idées de M. Loisy. Mais ne valait-il pas mieux laisser en paix son premier volume, *L'Évangile et l'Église*, que personne hormis certains prêtres n'avait lu que de l'avoir lancé avec une réclame folle en le frappant de l'Index ? Était-ce adroit ? Le finaud qu'était Léon XIII n'avait jamais voulu frapper ce prêtre qui est d'ailleurs un prêtre honnête, contre lequel on n'a jamais pu rien relever. Il avait même institué à ce propos une commission dite des Études bibliques et qui avait pour but de faire disparaître les questions qui lui étaient soumises, de les éponger en quelque sorte.

À la décharge de Rome, il faut bien dire que la presse catholique fit rage contre le malheureux Loisy. Suivant sa tactique habituelle, elle se révéla combative non contre l'ennemi commun, mais contre les siens. Elle agit comme du temps de Lamennais qu'elle poussa à bout. Elle eut en quelque sorte raison de Loisy qui me parut un peu perdre la tête en s'irritant, car cela se sent dans son volume *Autour d'un petit livre*. Il y donne, sous un ton agressif, quelques solutions inacceptables qui sentaient effectivement le fagot ; il se mit dans son tort et tendit les mains lui-même à ceux qui attendaient le moment de le garrotter.

Il se remit heureusement assez pour ne pas se défroquer, et je crois bien que c'est là le grief caché le plus violent qu'ont nombre de catholiques contre lui ; car c'est une chose étrange que la mentalité des pieusards. Ils sont pour chasser les gens de l'Église et non pour les faire entrer.

Ils n'ont pas assez d'injures pour ceux qui viennent à eux et ils sont ravis quand ils peuvent chasser quelqu'un des leurs de leur rang. Ah ! si Loisy avait jeté la soutane aux orties, ce qu'ils auraient crié : « Nous l'avions bien dit ! C'est une brebis galeuse, un hérétique », et il aurait fourni à la presse une tartine de lieux communs où l'on aurait rappelé Luther et le frère Hyacinthe Loyson !

Le résultat est que, au moment où une partie du monde intelligent se rapprochait du catholicisme, il s'en éloigne, disant : « L'on y assomme les gens qui travaillent, qui tentent quelque chose. On a fait machine en arrière, au moment où il aurait fallu faire machine en avant. On se cramponne à des débris d'histoire qui ne tiennent plus, au lieu de les ressouder et de les rajeunir, marquer une fois de plus l'infériorité des exégètes catholiques vis-à-vis de la critique protestante. »

Pie X a eu la main un peu forcée, la main que Léon XIII, lui, ne se serait pas laissé forcer.

Ne l'a-t-elle pas été aussi par les évêques qui, à cause de leur manque absolu d'initiative, veulent recevoir toutes les décisions du Vatican. Il est renseigné par eux sur la France et j'ai grand peur qu'il ne le soit fort mal, car les évêques n'ont aucun lien commun avec le pays, avec ses aspirations et ses besoins, avec le peuple. Ils vivent isolés, dans un milieu médiocre, qui ne connaît guère en fait de catholiques que des marguilliers et des dévotes.

Ils étaient pour la plupart les préfets violets du gouvernement quand ils touchaient de l'État, prébende ; ils vont être les préfets violets de Rome quand la séparation sera prononcée ; et forcément, plus ils auront été libéraux, plus ils deviendront ultramontains. Nous allons être gouvernés par des Italiens ; où cela nous mènera-t-il ? Basse-cour de Vatican ; le costume même sera romain, pour le petit clergé et la petite bourgeoisie.

J'ai peur que, dans un certain nombre d'années, une réaction gallicane ne devienne bien nécessaire, et quand elle aura lieu, elle présentera ce caractère spécial que ce seront les fidèles français qui la feront contre les évêques et les prêtres devenus des sacerdotes romains. Ce sera la décomposition qui s'accentuera de l'Église de France déjà bien malade, par le fait du clergé, ou pour être plus juste, des dévotes. Que penser d'un gouvernement qui ne comprend pas l'intérêt qu'il a à tenir les évêques dans la main et à ne pas diviser le pays en deux fractions dont l'une sera gouvernée par un monsieur de Rome ? Ah ! si les catholiques étaient autres, mais il n'y a rien à attendre.

C'est à elles, en effet, qu'il faut faire remonter la moisissure qui envahit les églises et les chapelles du pays. Elles sont en effet arrivées à diriger les prêtres et non à être dirigées par eux. Et cela se conçoit : elles seules donnent de l'argent, remplissent les églises et occupent les prêtres. Les hommes assidus aux offices sont rares et par le phénomène que j'expliquais au commencement, ils sont d'une mentalité spéciale, ce sont de vieux enfants de chœur. Ils ont le même état de cervelle, les mêmes goûts que les femmes.

Ils ont poussé de toutes leurs forces aux dévotionnettes, aux saint Antoine de Padoue, aux *Expedit*, aux prières vocales communes des chapelets. Voyez-les le dimanche à la messe. Il n'en est pas trois qui sachent quelle est la messe du jour, qui la suivent. Ils lisent des prières en français, pendant que le prêtre officie, tout comme les femmes. C'est une chose incroyable que le clergé n'ait pas réagi contre ces pratiques et n'ait pas enseigné à ces gens les premiers éléments de la liturgie. Mais non, il s'est laissé, lui-même, influencer par cette clientèle, il a abondé dans son sens ; de là, ces prônes vraiment creux et puérils, nigauderies, ces ponts-neufs, dans un style assisté, ces sermons fades, aux périodes prévues, ces appels perpétuels au Sacré-Cœur ; cette rage de chanter au lieu des hymnes de l'Église, de bas cantiques.

Ils se sont efféminés, dévirilisés avec leur clientèle qui a déteint sur eux. À force de ne fréquenter que ces gens-là, les prêtres qui étaient peut-être intelligents à leurs débuts, sont devenus nigauds. Ils ont fait du catholicisme on ne sait quoi, ils ont dénaturé la religion, en la sucrant. Ce n'est plus un sentiment d'âme, une substance nutritive et cordiale, c'est de la confiture de cerise. On a enlevé le noyau qui assurait la fermeté du fruit, puis on l'a noyé dans un sirop de sucre. C'est la pâtisserie de la piété, et quelle pâtisserie ! Quand l'on connaît ce monde-là, l'on peut bien dire que le purgatoire d'un converti, c'est de vivre parmi les catholiques !

La vérité est qu'à part ce petit nombre qui fait exception, dans une grande ville, personne ne s'intéresse plus à la religion et que tout homme intelligent qui pratique se tient à part, humilié lorsqu'il voit le niveau de ses confrères en piété et de son clergé !

L'Église a tout perdu le jour où elle a perdu le peuple et si elle ne revient pas à la pratique qu'elle a complètement oubliée des Évangiles, j'ai bien peur que ce ne soit pour jamais.

Le peuple est simpliste. Il ne voit le prêtre que dans trois cas, le baptême, le mariage et l'enterrement, et on le carotte ! Il constate que lorsqu'il s'approche de Dieu, c'est comme lorsqu'il entre dans une boutique, il faut payer. Sinon, il est reçu Dieu sait comme ! Que d'enterrements pauvres où le desservant eût mérité d'être claqué, tant on le sentait pressé d'en finir, bafouillant au galop les psaumes, plein de dédain au fond pour ce cadavre qui le dérangeait sans profit. À défaut de vraies larmes, les riches en ont au moins en argent. Et le goupillon est large. Là, un coup de pinceau et le dos tourné, le prêtre précédé du sacriste méprisant, file. L'ouvrier se rend très bien compte de cela. Il voit très bien la différence de l'accueil que font les prêtres aux riches, la tenue convenable du clergé aux riches obsèques… c'est une honte…

Pourquoi aimerait-il des gens qui ne l'aiment pas ?

Il les considère comme des gens qui l'exploitent ; s'il se rappelle vaguement son catéchisme, il pense à un Christ qui est justement venu pour célébrer les pauvres, pour les déclarer plus près de Lui que les autres… et il songe que le clergé suit bien peu les enseignements du maître…

Cela saute aux yeux, mais que faire ? quel chambard dans l'Église il faudrait, pour la remettre dans sa vraie voie !

Elle se meurt de sa monomanie d'autorité, de sa passion du lucre, de sa monomanie du gain. Cela commence au rendement des chaises, aux mandements impératifs d'évêques, pour finir au denier de saint Pierre.

C'est la bourse sous le nez qu'un prêtre vous fait sauter, pendant la messe, tandis qu'un Suisse bouscule les chaises, en hurlant : « Pour l'entretien de l'église, s'il vous plaît. »

La pauvre humanité, la pauvre Église !

Et puis, pourquoi ne pas le dire, si le peuple n'aime pas le prêtre, c'est qu'il devine, c'est qu'il sent très bien en lui, un fonctionnaire, un commis des choses célestes et qu'il ne sent nullement une âme d'apôtre, un amoureux d'âme, un père dont ils usurpent pourtant le nom. Ils ont affaire à un homme d'affaires ou même à un simple bonhomme qui, l'heure venue, ferme sa boutique et s'en va dîner.

Cela est très sensible au confessionnal. Dans le temps jadis, j'ai écrit une nouvelle, *À vau-l'eau*, l'histoire d'un célibataire en quête d'un restaurant possible. J'ai parfois rêvé d'écrire un M. Folantin à la recherche d'un restaurant spirituel possible, d'un confesseur.

Il y a des surprises inattendues dans cette quête du Christ. Des êtres médiocres, en majorité, – méchants presque en nombre infime – des saints en nombre infime aussi. C'est un microcosme de la société, en somme : les deux extrêmes, assez rares, la banalité abondante refluant de toutes parts.

Je sais très bien qu'il faut tenir cas de l'état d'âme dans lequel on se trouve et qui fait que l'on est influencé par un rien, par un mot juste ou injuste, mais c'est égal, il y a autre chose. Il y a des âmes de confesseurs qui vibrent, des amoureux, et cela c'est en dehors des mots qu'ils prononcent ; cela se sent et c'est très clair. Je me rappelle, un jour, en voyage, en Laval, m'être approché, en compagnie, d'un confessionnal où siégeait un très vieux prêtre. Il ouvrit la grille, j'eus la sensation, avant qu'il n'eût dit un mot, avant que je n'eusse commencé mon *confiteor*, que j'étais devant un saint. Je ne m'étais pas trompé. Je ne sais plus au juste les mots dont cet être admirable se servait, mais il y avait le ton, l'amour du pécheur, il y avait je ne sais quoi, je ne sais pas ce qu'il disait, je n'ai rien retenu, c'était le ton qui était tout. Je suffoquais, étranglé par les larmes et pourtant je n'avais pas de péchés bien graves à avouer, mais vraiment Notre-Seigneur Jésus-Christ était là, me parlant avec tendresse, avant de m'absoudre. Je rêvais de lui baiser les pieds. Et cette impression, je ne l'eus pas seul, mes compagnons eurent une impression identique, que nous nous communiquâmes à la sortie. Quel bienfait, quelle joie que de tomber sur des êtres pareils !

Cette impression, je l'ai eue à Paris, plusieurs fois, avec des inconnus, un missionnaire de passage, un jour, à Saint-Germain-des-Prés, à Notre-Dame-des-Victoires, avec une âme de prêtre qui confesse, si bienveillante, si consolante et si douce. Vraiment, je remercie Dieu, ces jours-là, et comme ces bons prêtres vous demandent, quand on les quitte, de prier pour eux, je m'en acquitte incontinent et souvent lorsque j'y resonge, je reprie pour eux.

Je dirais que je ne suis pas ingrat, si je croyais que mes paroles valent quelque chose ! Ah ! les prêtres qui aiment les âmes, qui les prennent en quelque sorte dans leur main, pour les caresser, alors qu'elles se hérissent de douleur et s'ébrouent, quelle belle tâche ils accomplissent ! Quel bien ils font ! Ceux-là sont vraiment les fils directs des Évangiles, la lignée en droite ligne du Christ. Ils sauvent l'Église moderne, si médiocre, ceux-là !

S'ils étaient légion, ils retourneraient la

société, qui comprendrait ce qu'est la vertu, alors ! Faut-il dire le revers maintenant. Les âmes dures, implacables, les prêtres qui éloignent du tribunal de la pénitence, qui rendent la confession toujours pénible, odieuse. Ils existent hélas ! Je n'en veux citer qu'un. Le plus curieux, c'est que celui-là, célèbre pour ses exorcismes, passe pour un saint.

Il l'est peut-être, par les macérations qu'il s'impose, par la régularité de sa vie, mais, quand on a une âme aussi embouchée, quand on fait le mal qu'il fait à certaines âmes, l'on n'est pas un saint.

L'aspect de l'homme est peu celui du confesseur. Imaginez un homme boulot, trapu, à barbe de sanglier, mâchonnant un bréviaire, furieux quand on le dérange. On se glisse dans la boîte à confession. Et aussitôt les questions pleuvent. On s'accuse de jugement téméraire. Et l'on entend derrière la grille, un rugissement :

« Ah ! mais, c'est très grave, et combien de fois ?

– Je ne sais pas, mon père.
– Mais vous devez savoir.

– Je ne sais pas.
– Est-ce dix fois au moins ? »

Cela continue de la sorte. On aurait tué son père, on avouerait avoir abusé de sa mère, que le vieux sanglier ne grognerait pas plus. On finit par ne plus savoir ce que l'on dit et l'on subit un sermon vitupératif avec menace d'être renvoyé sans absolution. Quelle pitié ! L'on était venu pour chercher un peu de paix de l'âme et l'on sort plus troublé encore.

Une amie à moi qui était dans un état de détresse absolue, car elle venait de perdre un directeur admirable, un saint qui l'aimait et la menait doucement dans la voie du Seigneur, l'abbé Séméraire, si bon et si indulgent, qui fit l'admiration de bien des prêtres, va se confesser à lui. Elle lui dit son état de tristesse, l'émotion lorsqu'elle revit son père, mourant, écrasé par un motocycle, disant doucement, dans d'effroyables souffrances : « Je suis avec mon maître sur la croix », et finalement elle pleure. Un autre aurait été pris de pitié. Durement, il répondit : « Ah ! mais, je ne sais pas si je vais vous donner l'absolution, car je n'admets pas que l'on regrette un directeur comme cela ! »

J'admets bien que celui-là est heureusement rare, dans un confessionnal à Paris, mais enfin, admettez qu'un malheureux vienne à lui pour se convertir. C'est à le faire fuir, à le dégoûter à jamais de l'Église, que d'être reçu comme cela.

La majorité, elle, est composée, en somme, de très braves gens qui font leur métier en conscience, mais ce que leur âme ne prend pas feu, ce qu'ils écoutent indolemment, ne voyant d'ailleurs qu'un seul péché qui compte, le péché de chair. Celui-là excepté, les autres ne comptent plus. Jamais l'on n'insistera si l'on se confesse de manque de charité envers le prochain. Il semble que toutes les fautes ne comptent pas. Une seule importe, la moins grave, peut-être, car après tout, il y a, en dehors des questions sataniques, un besoin de nature qui l'excuse jusqu'à un certain point. Il y a là une déviation vraiment curieuse : un péché absorbant les autres, dominant le confesseur et, il faut bien le dire aussi, le confessé. Chacun ne songe qu'à celui-là, ne se préoccupe que de celui-là. La honte pour celui qui s'approche du tribunal est d'avoir à narrer ses tristes méfaits. S'il en est exempt, il lui semble à lui-même qu'il n'est pas bien coupable. Quelle aberration ! et comme ces idées sont loin de Notre-Seigneur qui a surtout honni les hypocrites, les médisants, qui a été si doux pour la Madeleine, si dur pour les Pharisiens ! Il y en a de brefs et de prolixes, mais le 22 sous, c'est peut-être le Jésuite roux. Les jeunes préparent d'avance des discours débités indifféremment pour tous. D'autres, genre bénédictin, parlent liturgie. D'autres se contentent d'un encouragement et c'est peut-être ce qu'il y a de mieux. Parfois un chicanous, ce qui n'est pas inutile, pourvu qu'il ne vous coupe pas pendant [*texte interrompu*]. De la sainteté, ça, je n'y croirai jamais. Le trouble qu'il prétend est aussi le sien par ce côté j'en ai peur. Il est vrai que Dieu envoie au confesseur qu'il veut. Tel inhabile inéloquent pour tous le sera, un soir, pour l'un. Pour cela, comme pour les conversions, c'est Dieu qui fait la besogne. Il y a beaucoup de surnaturel au confessionnal.

Et personne n'échappe à l'emprise de cette illusion, prêtres et fidèles. Moi-même qui en parle, je suis, le premier, victime de ce mirage religieux dont je me rends pourtant compte.

Il est vrai que l'œuvre de chair est peut-être

plus grave par les suites qu'elle entraîne que par l'acte même qu'on accuse. Elle vous désespère, vous détourne de la religion, du confessionnal, vous suggère l'envie de tout abandonner quand on l'a commise.

Elle est la pierre d'achoppement des jeunes. Une fois que le jeune homme a goûté de la femme, il se confesse une fois, deux fois, et comme c'est toujours à recommencer, il lâche tout. À plus forte raison si, au lieu d'aller de l'une à l'autre, il contracte une liaison.

Ici nous arrivons à l'une des misères de cette théologie qui met Dieu dans des petites boîtes avec défense d'en sortir, dans un gaufrier où on le restreint, qui est la science de l'orgueil humain. L'injustice apparaît criante, antimorale même, si l'on peut dire, car elle est une prime à la débauche !

Un homme, agité par des forces mauvaises, court d'une fille à une autre, se livre aux derniers abandons et aux derniers excès. Il se confesse : c'est la faiblesse humaine, il est absous ! Un autre homme, qui a horreur du libertinage et qui pour une cause ou pour une autre ne peut se marier, fait connaissance d'une fille honnête et vit avec elle, comme mari et femme ; celui-là ne peut être absous ! Parce qu'il y a continuité avec la même.

Il y a dès lors tout avantage pour un catholique à être un porc et un libertin – prime à la débauche. Quelle vision inique de l'humanité et de la faute ! qui existe, je le veux bien, mais qui prend des proportions à rebours du sens commun sous les lueurs falotes des théologies.

Il n'y a pas à le nier, il faudra bien que l'Église plie sur certains points, se rende compte de l'aberration de ses systèmes, si elle veut garder des adhérents. La théologie n'est pas l'Évangile ; elle est une science purement humaine inventée de toutes pièces, n'en déplaise aux sectaires du catholicisme. Jésus n'a jamais émis des théories pareilles. Et la question est plus grave encore lorsqu'elle touche à ce que l'on appelle « les fraudes conjugales ».

Ici encore, la théologie se dresse tout d'une pièce, se révèle implacable, et c'est grâce à elle que tant de familles chrétiennes quittent l'Église ou sont rejetées par Elle.

Des gens sans fortune se marient. Ils ont un enfant, ils en ont deux. Ils peuvent les nourrir à peine. Ils prennent certaines précautions pour ne pas accroître leurs charges. Péché mortel. *Non licet.* Une femme n'a pas de santé, le médecin déclare que si elle est de nouveau enceinte, elle risque sa vie. Le mari use de subterfuges pour ne pas tuer sa femme. Péché mortel. *Non licet.* Ces péchés se continuent. Les conjoints deviennent des habitudinaires. Le prêtre ne peut les absoudre. Voilà des gens privés des sacrements, à la porte de l'Église.

Le mari n'a qu'à rester chaste, direz-vous ? Mais pardon, si cet homme s'est marié, c'est que sans doute il n'avait pas de goût pour cette vertu, et vous, vous la lui imposez comme à un prêtre, comme à un moine. S'il a de l'argent, il voit une ou d'autres femmes, c'est l'adultère, c'est la brouille dans le ménage, c'est une vie infernale à deux.

Les prêtres, en majorité, répondent : « Dieu bénit les nombreuses familles » ; hélas ! c'est bien souvent un mot et les gens meurent à la peine, ou si le mari ne peut rester continent près d'une femme débile, qui, elle-même, ne l'est pas, c'est la mort, avec des enfants restés sans mères. Il ne s'agit pas d'altérer l'immutabilité de ces dogmes, mais de s'adapter aux conditions de la vie moderne.

Il n'y a pour un ménage catholique qui se trouve dans ces conditions qu'à lâcher l'Église s'il veut vivre en paix. Est-ce donc bien désirable ? est-ce donc là une leçon dérivée des enseignements du Christ ?

Cette question fait le désespoir des bons prêtres, de ceux qui ont une âme pitoyable. Ils sentent très bien qu'ils perdent des âmes, en leur rendant la vie intolérable, en les privant des sacrements. Beaucoup biaisent de leur mieux. Si le mari ne se confesse pas, cela va tout seul. Il peut laisser entendre à la femme qu'elle doit avant tout obéissance au mari, que lui seul est responsable... Mais si le mari est, lui aussi, un croyant, si la femme déclare que son mari la quittera pour courir après une autre... alors, il balbutie, dit qu'entre deux maux, il faut choisir le moindre, rejette la responsabilité sur l'épouse, laisse entendre qu'il n'en faut plus parler.

Quelle misère ! et ceux-là sont les prêtres intelligents et les bons qui redoutent de briser un ménage, de faire à jamais, pour une question aussi sotte, le malheur des gens.

Ils amènent l'adultère, ou des vices contre nature, pour qu'il n'y ait pas oubli volontaire.

Tel est le résultat de l'enseignement théologique. Ça a été inventé par qui ? Cela a peut-être eu sa raison d'être. À l'heure actuelle, c'est toute une partie de la population qui, pour ce motif, finit par perdre la foi et déserter l'Église.

Il ne s'agit pas d'altérer l'immutabilité des dogmes, mais de s'adapter aux conditions de la vie moderne.

L'on dira : « Mais l'Église est une, elle ne peut revenir sur ce qu'elle a décrété, s'approprier au besoin des temps. S'il en était ainsi, ce serait à bref délai sa pleine déchéance. » Mais cette assertion n'est guère exacte. L'histoire le prouvera. Elle ne s'est jamais réformée, d'elle-même, par orgueil peut-être, mais elle s'est réformée contrainte et forcée par les événements. Elle a bien été obligée de desserrer d'année en année ses ordonnances. Je ne parle pas de la question des abstinences et des jeûnes qu'elle devra desserrer encore, car elle ne tient plus, mais de questions plus graves, de la pénitence et de la confession.

Si nous nous reportons, en effet, aux premiers temps de l'Église, nous trouvons, en dehors de la confession publique devenue au bout de quelque temps impossible, le système atroce de l'absolution donnée après une première faute et refusée désormais pour les autres fautes.

Autrement dit, c'était la pénitence pendant des années hors de l'Église, et c'est tout juste si l'on vous réconciliait au moment de la mort.

C'était tout bonnement monstrueux. L'Église l'a compris et elle a singulièrement amoindri ses prétentions, depuis le temps où Tertullien et autres nous entretenaient de cette façon de consoler et d'adjurer les pécheurs.

L'on pourrait même presque dire qu'elle a sauté d'un excès à un autre, maintenant, avec la communion si rarement accordée jadis et si prodiguée aujourd'hui.

Il y a eu là, il faut bien le dire, une ingérence pernicieuse de la Compagnie de Jésus. À force de répéter les termes mêmes des prières de la messe « *ad tutamentum mentis et corporis et ad medelam percipiendam* », on est arrivé à considérer le sacrement de l'Eucharistie comme une simple médecine spirituelle, une panacée bonne à guérir tous les maux. Plus vous péchez, plus vous devez communier, sans tenir compte, si l'on accepte cette comparaison en honneur dans l'Église actuelle, des effets de l'accoutumance. Des ligues se sont fondées pour la communion hebdomadaire, considérée comme un minimum. Et je songe que les saints ne communiaient que par respect, rarement, et que dans les Trappes, les convers qui sont peut-être ce qu'il y a de plus saint sur la terre, n'oseraient communier tous les jours, comme le font nos bonnes femmes.

À ce point de vue, les jansénistes n'avaient pas toujours tort et le volume sur la communion fréquente du Grand Arnauld serait à relire. Sans doute, il y avait excès. Lorsqu'une moniale de haute envergure, comme la mère Angélique, arrivait à ne communier qu'une fois l'an, il y avait outrance d'humilité, presque absurdité de raisonnement puisque, s'il fallait attendre qu'on fût digne du Seigneur, pour le recevoir, l'on pourrait mourir avant que d'attendre ce moment ; mais n'y a-t-il pas non plus outrecuidance et présomption, presque insolence à ne considérer le corps du Christ que comme un cachet de quinine spirituel.

Il est bien rare, hélas ! que les résultats de ce gavage panifuge soient heureux. Les gens qui communient tous les jours valent-ils mieux que les autres ? Il est permis d'en douter. Ils finissent par en faire une habitude, par avaler l'hostie, comme ils avalent, le matin, leur café. Ils épuisent forcément, par l'accoutumance, la valeur du remède et ses effets. Avouerai-je que chez des dévotes qui, sans communier tous les jours, communient plusieurs fois la semaine, ces jours-là sont les pires qu'elles donnent à supporter aux autres ? Des domestiques devinent que leur maîtresse a communié à les voir plus impérieuses et plus dures. J'en connais, plus agitées, plus troublées du côté des sens, ces jours-là. Mais peut-être a-t-elle raison, l'effrayante mégère qui à mesure qu'elle communiait devenait plus méchante, alors qu'elle répondit à un prêtre qui le remarquait : « Eh ! qu'en savez-vous, qui vous dit que si je ne communiais point, si je ne serais pas pis. »

Il n'en est pas moins vrai qu'il y a maintenant abus et cela au détriment du respect dû au sacrement, et de la santé de l'âme qui se dispense d'effort, qui ne désire même plus ce qu'elle peut prendre à volonté !

Communion tous les matins, rosaire, salut, bougies allumées sur des broches, prônes, prêches, toute la religion est là. La personne de Jésus n'existe plus, mais son cœur auquel on parle comme à sa personne. Pourquoi ne pas adorer aussi, comme le disait le Père Didon, ses pieds qui l'ont porté pour évangéliser le monde ?

La vérité est que la dévotion du Sacré-Cœur me paraît tout à fait déviée de son objet. D'abord, il ne s'agit pas d'un viscère, mais bien du symbole que représente ce viscère dans d'immondes statues et de creuses images religieuses : l'amour. Puis, si l'on songe au moment où le Christ apparut à Marie Alacoque, si l'on sonde ses paroles, il semble bien que cette dévotion s'explique, a, en tout cas, sa raison d'être.

Pendant des siècles, le Moyen Âge a courbé les grands enfants qu'il régissait sous le régime de la peur. Il prêchait l'enfer, sans arrêt, le montrait, au seuil de l'Église, au-dessus des porches. Il avait raison, car il dominait ainsi les brutes féodales et calmait les pacants. Il distribuait la justice et ne se gênait pas pour mettre dans les damnés de son enfer, les évêques, les moines et les rois. C'était l'égalité. Et jamais, je crois bien, que le peuple ne fut, sous la coupe de l'Église, plus heureux.

Ce système, sans ses avantages, continua,

de la religion peut-être plus mosaïque que chrétienne, avec son Jéhovah toujours prêt à sévir. Elle semble avoir eu son dernier écho dans le jansénisme, si intolérant et si dur. Si ceux-là n'avaient été matés, la religion aurait fini par dépérir dans la haine universelle de l'inindulgence et de la férocité.

Et il semble vraiment que la venue du Christ soit une réponse à toutes ces divagantes cruautés. Les idées du Moyen Âge sont finies et les théories des appelants sont fausses. Je me le figure disant vraiment : « Mais non, je ne suis pas ainsi. L'on fait de moi un ogre prêt à dévorer ses poucets, à les brûler pour l'éternité ; ce n'est pas cela. Je suis plus qu'un justicier, un père et un ami. L'enfer est restreint et le purgatoire large. Mon cœur est le symbole de la réconciliation et de l'amour ; il est en quelque sorte l'armoirie de ma miséricorde. Je ne veux pas être craint, comme un bourreau, mais je veux être aimé. »

Il apporta, en somme, une détente, aiguilla sur une autre voie, son Église. Dans ces promesses de clémence et d'affection, la dévotion du Sacré-Cœur se conçoit, elle est un rappel de la Rédemption, elle est, sous une autre forme, la réédition de la parabole du Bon Pasteur.

L'humanité, sans se rendre bien compte de ce signe, a peut-être fait comme les enfants qu'on ne fouette plus et qui s'enhardissent à grimper sur les genoux. Ne pas faire à autrui ce qu'on ne voudrait pas qu'on vous fît. Elle a perdu un peu le respect du Sacrement… et dans une réaction inconsciente du Moyen Âge et du jansénisme, donné presque raison à la thèse qu'elle a combattue. Nous oublions trop que l'essence de la religion catholique est d'avoir des martyrs et de n'en pas faire.

C'est l'éternelle loi historique des réactions toujours exagérées dans un sens ou dans l'autre. À l'heure actuelle la réaction est contre l'Église ; l'heure viendra où Elle aura son tour et sera à son tour intolérante et insupportable… elle fera regretter la liberté laissée aux sciences et aux arts… elle voudra, malgré toutes ses belles protestations qui valent celles des Loges, éteindre tout…

Ah ! non, si je suis fermement catholique, je suis non moins résolument anticlérical et ne désire pas que des gens dont je partage les idées religieuses soient au pouvoir, plus rapproché peut-être par bien des points des anarchistes que des cléricaux... Je voudrais une chose bien simple, la liberté pour tous, mécréants et fidèles, mais personne n'accepte plus ces idées, pas plus les francs-maçons que les catholiques. Le besoin d'opprimer les autres est à l'état d'endémie, dans tous les camps. Nous, nous réclamons la liberté et nous l'avons toujours refusée aux autres.

Et, c'est triste à dire, avec son besoin de domination, l'Église a depuis des siècles fourni les preuves de son désir de régner sur les Empires ; qu'on se rappelle qu'un saint tel que saint Louis a été obligé de remiser un pape. L'histoire de l'Europe depuis que les papes existent se confine entre les efforts des rois pour se soustraire au joug de plus en plus envahissant de Rome et les efforts du Saint-Siège pour régenter les peuples et les rois.

Et malheureusement, cette ambition de régenter l'univers ne s'est jamais éteinte au Vatican. L'infaillibilité papale promulguée, malgré les efforts de ce que le parti catholique contenait de gens intelligents, aimant la liberté, les Dupanloup, les Gratry, les Darboy, les de Broglie, les Cochin, les Montalembert, est une dictature. Il faut lire les injures dont alors les ultramontains comme Veuillot[4], les couvrirent. Ultramontains, ces Jacobins de l'Église. Les libéraux sont les Girondins, destinés à être sacrifiés, je le sais, mais est-ce une raison pour se taire ? Et cependant de quelles arguties ne fallut-il pas user pour tenter de démontrer que le pape Honorius, condamné par son successeur saint Léon II et par trois conciles œcuméniques, comme ayant propagé par missives l'hérésie de tout l'Orient à propos d'une question de dogme, du rapport des deux natures unies dans le Christ *distinguo*, n'avait pas parlé *ex cathedra*, et n'avait été faillible que comme homme et non comme pasteur et docteur de tous les chrétiens. Il tient à un cheveu pour n'être pas démenti par la réalité, ce nouveau dogme !! Ce dogme auquel nous devons, nous voulons croire.

« Mon royaume n'est pas de ce monde » n'est point malheureusement la devise accréditée de Rome, pas plus que la pauvreté si chère, si vantée par le Christ[5]. Lui eut une

---

4. *En marge :* Marat de l'Église que fut Veuillot.
5. *En marge :* Il ne s'est pas servi de la formule usitée pour définir, il n'a donc été faillible.

robe de pourpre en dérision, les cardinaux ne la portent pas précisément pour ce motif… et le trirègne qui coiffe son vicaire est sans doute plus élevé et moins lourd que la couronne d'épines du maître…

Oui, certainement, il faut un maître, il faut un pape. En dehors même des Écritures qui l'enseignent, le bon sens l'affirme. Car autrement c'est la débandade, c'est le protestantisme avec ses croyances variées, qui n'en sont plus. Du moment que chacun est libre d'interpréter la Bible à la fantaisie et de se former des dogmes à son usage, c'est le tohu-bohu, l'insécurité, c'est l'erreur et le mensonge. Mais il y aurait bien intérêt à restreindre autant que possible le pouvoir d'un homme qui, par la situation même qu'il occupe, par la platitude des courtisans qui l'entourent, et les excès de zèle des sacerdotes qui en viennent à vouloir ériger « la dévotion au pape », finit par se croire assisté par le Saint-Esprit, à tous les coups. Et l'expérience démontre qu'il ne l'est nullement pour la diplomatie, pour les choses de la terre. Il n'est qu'un pauvre homme, comme tous les autres, fort inférieur au dernier porcher d'une Trappe, si celui-là est un saint[6].

Car tout est là, la sainteté. Le catholicisme en France se meurt de n'avoir pas de saints. Ah ! ce ne sont pas les conférences, les quelques numéros vendus du *Sillon* et les périodes redondantes de M. Sangnier, qui changeront le monde. Tout cela est sans issue sur le peuple et se passe dans un placard. Ce sont des mots et du vent… Le peuple a été suffisamment dupé pour ne plus croire qu'à ce qu'il voit et à l'exemple.

À notre exemple, l'on peut citer un exemple typique, celui de ce saint homme que fut le père Chevrier, à Lyon. Noter l'étiquette qui vise le pape à manger seul. Est-ce que le Christ ne mangeait pas avec tout le monde ? Après une opération Léon XIII invite à dîner ses médecins, mais il mangea sur une petite table à part, séparée par un paravent. Pie X semble heureusement disposé à rompre avec ses habitudes d'idolâtrie. Si vous enlevez toute la nature, où mettrez-vous la grâce de saint Bernard disant d'un tel : le vieil homme n'est pas encore mort, il n'est pas surnaturel, etc.

---

6. *En marge :* les entreprises de la Curie romaine.

Page de couverture du fascicule des *Hommes d'aujourd'hui* n°263, mars 1885, dessin de Coll-Toc.

JORIS-KARL HUYSMANS

Par A. Meunier [J.-K. Huysmans]

M. J. K. Huysmans est né le 5 février 1848 à Paris, au n° 11 de la rue Suger, une vieille maison qui existe encore, avec son antique porte ronde à double vantail, teinte en vert et martelée d'énormes clous. Son père Gotfried Huysmans, était originaire de Bréda (Hollande). Il exerçait l'état de peintre ; son grand-père était également peintre, et l'un de ses oncles, maintenant retiré à La Haye, a été longtemps professeur de peinture aux académies de Bréda et de Tilburg. De pères en fils, tout le monde a peint dans cette famille qui compte parmi ses ancêtres Cornélius Huysmans dont les tableaux figurent au Louvre. Seul, le dernier descendant, l'écrivain qui nous occupe, a substitué aux pinceaux une plume ; mais pour ne pas mentir aux traditions de sa lignée sans doute, il a écrit un livre d'art qui étonnerait certainement ses aïeux, gens appliqués à peindre soigneusement sur fond d'outremer les petites feuilles en persil des arbres. Défendre Pissarro et Claude Monet et être issu d'une souche de peintres classiques !

– Et du côté de votre mère, lui dis-je, le matin où je fus l'interviewer dans le bizarre logement qu'il occupe dans l'ancien couvent des Prémontrés, de la rue de Sèvres ?

– Petits-bourgeois. Mon grand-père était caissier du ministère de l'Intérieur. Pourtant, puisque vous me paraissez préoccupé des antécédents héréditaires, je vous dirai que le père de ma grand-mère était un sculpteur, prix de Rome. Il a fabriqué un tas de vêtements en saillie sur le piédestal de la colonne Vendôme, il a aidé aux décorations genre pompier de l'arc de triomphe du Carrousel, je crois même qu'il a commis quelques-uns des surprenants bas-reliefs de l'arc de triomphe aux Champs-Élysées.

– Vous ne semblez pas professer une bien haute estime pour l'œuvre de votre aïeul ?

— Le père Gérard était, je crois, un Maindron quelconque, un vague plâtrier consciencieux ; il sculptait ni mieux, ni plus mal que les gens de son époque ; au fond, je n'ai ni estime ni mésestime pour ses œuvres. Elles me laissent indifférent, voilà tout.

Je regardais l'homme tandis qu'il me parlait. Il me faisait l'effet d'un chat courtois, très poli, presque aimable, mais nerveux, prêt à sortir ses griffes au moindre mot. Sec, maigre, grisonnant, la figure agile, l'air embêté, voici l'impression que je ressentis au premier abord.

Eh bien, lui dis-je, entrant réellement en matière, vous devez être satisfait du succès littéraire d'*À rebours* ?

— Oui, ce livre a éclaté dans la jeunesse artiste comme une grenade ? Je pensais écrire pour dix personnes, ouvrer une sorte de livre hermétique, cadenassé aux sots. À ma grande surprise, il s'est trouvé que quelques milliers de gens semés sur tous les points du globe étaient dans un état d'âme analogue au mien, écœurés par l'ignominieuse mufflerie du présent siècle, avides aussi d'œuvres plus ou moins bonnes, mais honnêtement travaillées du moins, sans cette misérable hâte de copie qui sévit actuellement en France, des grands aux petits, du haut en bas !

– Et cette constatation d'un public restreint, mais vous aimant, ne vous a pas rendu moins pessimiste ?

– Oh ! laissons de côté, si vous le voulez bien, le pessimisme. Je ne suis pas un Obermann suisse pour être interviewé sur ce sujet. Il y a un rayon spécial dans la boutique à 13 des gonorrhéiques gribouilleurs ; allez dans les grands magasins du Temps, on vous y détaillera l'article pessimisme en petites boîtes.

– Et si je vous interrogeais sur le naturalisme, car enfin vous passez pour l'un de ses plus enragés sectaires ?

– Je vous répondrais tout simplement que je fais ce que je vois, ce que je vis, ce que je sens, en l'écrivant le moins mal que je puis. Si c'est là le naturalisme, tant mieux. Au fond, il y a des écrivains qui ont du talent et d'autres qui n'en ont pas, qu'ils soient naturalistes, romantiques, décadents, tout ce que vous voudrez, ça m'est égal ! Il s'agit pour moi d'avoir du talent, et voilà tout !

— Enfin, malgré le mépris que vous affichez pour la critique, vous avouerez bien qu'elle a du bon, car enfin, à l'heure qu'il est, elle ne vous nie plus comme jadis, elle a même pour vous un certain respect.

Ici Huysmans eut un étrange sourire.

— Les bons temps sont passés, fit-il en allumant une cigarette, le temps des *Sœurs Vatard*, où l'on recevait quotidiennement sur la tête des tinettes toujours pleines. Chaperon est mort et Véron se tait. Ils avaient évidemment de belles âmes ces gaillards-là, car ce qu'ils aboyaient après l'immoralité de mes livres ! Non, maintenant les articles désagréables sont bêtats ; la sottise des journalistes se canalise, les haines deviennent molles !

À ce moment un superbe chat rouge fit son entrée.

— Oh oh ! demandai-je, c'est sans doute le Barre de Rouille, célébré dans *En ménage* ?

— Oui.

— Vous fréquentez peu les hommes de lettres, je crois ?

— Le moins que je puis. Les plaintes contre les éditeurs et les questions sur les gains de chacun me lassent. Je suis positivement très satisfait quand je n'ai pas à subir ces redites.

— Une question encore. Est-ce votre histoire pendant la guerre que vous avez racontée dans *Sac au dos* ?

— Parfaitement.

— Alors, je ne vous demande pas quelles sont vos idées sur le patriotisme ?

— Ça nous entraînerait en effet un peu loin. Tout ce que je puis vous dire, c'est ceci : je hais par-dessus tout les gens exubérants. Or tous les Méridionaux gueulent, ont un accent qui m'horripile, et par-dessus le marché, ils font des gestes. Non, entre ces gens qui ont de l'astrakan bouclé sur le crâne et des palissades d'ébène le long des joues et de grands flegmatiques et silencieux Allemands, mon choix n'est pas douteux. Je me sentirai toujours plus d'affinités pour un homme de Leipzig que pour un homme de Marseille. Tout, du reste, tout, excepté le Midi de la France, car je ne connais pas de race qui me soit plus particulièrement odieuse !

Je ne voulus point discuter l'outrance de ces idées ; je pris congé de l'auteur d'*À rebours* et lui serrai la main, une extraordinaire main par parenthèse, une main de très maigre infante, aux doigts fluets et menus.

En somme, ma première impression se justifiait : Huysmans est très certainement le misanthrope aigre, l'anémo-nerveux de ses livres, que je vais brièvement passer en revue.

Il a débuté par un médiocre recueil de poèmes en prose, intitulé *Le Drageoir aux épices* ; puis il fit un roman, le premier en date, sur les filles de maisons, *Marthe*, qui parut en 1876, à Bruxelles, et fut, malgré ses chastes adresses, interdit en France, comme attentant aux mœurs. *L'Assommoir* n'avait pas fait encore la formidable trouée que chacun sait. *Marthe* a depuis reparu à Paris et a obtenu un certain succès. Ce livre renferme, çà et là, des observations exactes, décèle déjà de maladives qualités de style, mais la langue rappelle trop, suivant moi, celle des Goncourt. C'est un livre de début, curieux et vibrant, mais écourté, insuffisamment personnel.

Il faut arriver aux *Sœurs Vatard* pour trouver le bizarre tempérament de cet écrivain, un inexplicable amalgame d'un Parisien raffiné et d'un peintre de la Hollande. C'est de cette fusion, à laquelle on peut ajouter encore une pincée d'humour noir et de comique rêche anglais, qu'est faite la marque des œuvres qui nous occupent.

Les Sœurs Vatard contiennent de belles pages, amènent même pour la première fois – elles ont paru en 1879 – dans la littérature moderne des vues de chemins de fer et des locomotives singulièrement décrites. C'est une tranche de la vie des brocheuses, ordurière et exacte, c'est de la pâte du vieux Steen, maniée par une main parisienne, alerte et fine, mais pour ma part, je leur préfère *En ménage*, qui reste d'ailleurs mon livre favori parmi ceux que nous devons à cet auteur.

C'est que celui-là ouvre des aperçus de mélancolie et des ouvertures d'âmes désolées et faibles particulières. C'est le chant du nihilisme ! Un chant encore assombri par des éclats de gaieté sinistre et par des mots d'un esprit féroce. Logiquement, ce roman bourré d'idées conclut à la résignation, au laisser-faire, de même qu'*À vau-l'eau* qui est comme le diaconat des misères moyennes ; mais dans *À rebours* la rage paraît, le masque indolent se crève, les invectives sur la vie flambent à chaque ligne ; nous sommes loin de la philosophie tranquille et navrée des deux livres qui précèdent. C'est de la démence et de la bave ; je ne crois pas que la haine et le mépris d'un siècle aient jamais été plus furieusement exprimés que dans cet étrange roman si en dehors de toute la littérature contemporaine.

Un des grands défauts des livres de M. Huysmans, c'est, selon moi, le type *unique* qui tient la corde dans chacune de ses œuvres. *Cyprien Tibaille* et *André, Folantin* et *des Esseintes* ne sont, en somme, qu'une seule et même personne, transportée dans des milieux qui diffèrent. Et très évidemment cette personne est M. Huysmans, cela se sent ; nous sommes loin de cet art parfait de Flaubert qui s'effaçait derrière son œuvre et créait des personnages si magnifiquement divers. M. Huysmans est bien incapable d'un tel effort. Son visage sardonique et crispé apparaît embusqué au tournant de chaque page, et la constante intrusion d'une personnalité, si intéressante qu'elle soit, diminue, suivant moi, la grandeur d'une œuvre et lasse par son invariabilité à la longue.

Je ne parlerai pas ici de son style. Tout a été dit sur lui dans un très judicieux article de M. Hennequin. Telles de ses pages ont une magnificence sans égale, dans *À rebours* surtout, où un chapitre sur Gustave Moreau, pour n'en citer qu'un, est et restera justement célèbre ; mais il est un autre point que la critique a généralement affecté de ne pas voir, je veux parler de l'analyse psychologique et de ses personnages ou plutôt de son personnage, car il n'y en a qu'un, comme je l'ai dit : un personnage débile de volonté, inquiet, habile à se torturer, raisonneur, voyant assez loin pour expliquer lui-même la diathèse de son mal et le résumer en d'éloquentes et précises phrases. C'est dans l'analyse de ce caractère que gît une des originalités de l'auteur, originalité égale, selon moi, à celle de son style. Lisez *la Crise juponnière*, dans *En ménage*, et songez que nulle part ce minuscule district d'âme n'avait été encore entrevu avant lui ; combien la monographie de cette crise est juste, et avec quelle savante lucidité il nous la montre ! Lisez d'autre part un superbe chapitre d'*À rebours*, le chapitre consacré aux souvenirs d'enfance et aux retours théologiques si ingénieusement expliqués, et voyez si ces explorations des caves spirituelles de l'âme ne sont pas absolument profondes et absolument neuves !

En sus de ces œuvres, M. Huysmans a édité un volume de *Croquis parisiens* où, après Aloysius Bertrand et Baudelaire, il a tenté de façonner le poème en prose. Il l'a en quelque sorte rénové et rajeuni, usant d'artifices curieux, de vers blancs en refrain, faisant précéder et suivre son poème d'une phrase rythmique, répétée, bizarre, le dotant même parfois d'une espèce de ritournelle ou d'un envoi séparé, final, comme celui des ballades de Villon et de Deschamps. Il a également écrit des salons réunis dans son livre *L'Art moderne*, le premier volume qui explique sérieusement les impressionnistes et assigne à Degas la haute place qu'il occupera dans l'avenir. Le premier aussi, M. J. K. Huysmans a fait connaître Raffaëlli, alors que personne ne songeait à ce peintre ; le premier encore, il a expliqué et lancé Odilon Redon. Quel est le critique d'art actuel qui est doué de ce flair aigu et de cette compréhension de l'art, dans ses manifestations les plus diverses ?

En somme, s'il y a jamais une justice, la part de M. Huysmans, si méprisé du vulgaire, sera belle ; maintenant, j'avoue, en ce qui me concerne, ne pas partager beaucoup de ses croyances. Personnellement, je crois à une littérature plus saine, à un style moins éclatant sans doute, mais moins touffu ; je crois aussi, dans l'analyse psychologique, à un côté plus général, plus large, moins rare. Balzac me paraît être, à ce point de vue, le maître, lui qui a si merveilleusement disséqué les grandes et universelles passions des êtres, l'amour paternel, l'avarice. Si haut que je place M. Huysmans parmi les vrais écrivains d'un siècle qui en compte si peu, je ne puis me dispenser de le considérer comme un être d'exception, comme un écrivain bizarre et maladif, capricant et osé, artiste jusqu'au bout des ongles, traînant, suivant l'expression d'un autre écrivain étrange aux épithètes lointaines, crispées, vertes, aux idées solitaires, déconcertantes, Léon Bloy, « traînant l'image, par les cheveux ou par les pieds, dans l'escalier vermoulu de la syntaxe épouvantée » ; mais tout cela, quelque admiration qu'on en puisse avoir, ne me semble pas constituer cette belle santé de l'idée et du style qui fait les chefs-d'œuvre imperméables et décisifs.

Les Hommes d'aujourd'hui, n°263, 1885.

BIOGRAPHIE

Notes pour la préface de l'abbé Mugnier

M. J.-K. H. est né, le 5 février 1848, à Paris, au n° 11 de la rue Suger et il a été baptisé quelques jours après dans cette église de Saint-Séverin qui lui est restée chère depuis sa conversion, car il l'a dépeinte à deux reprises, dans *En route* et dans son volume sur la Bièvre et Saint-Séverin.

Son père Godfried Huysmans était originaire de Bréda (Hollande). Il était peintre comme son grand-père, comme son père, comme son frère qui enseigna longtemps la peinture aux Académies de Bréda et de Tilburg. De plus loin qu'on le sache, tout le monde a peint dans cette famille qui compte parmi ses ancêtres Cornelius Huysmans dont le Louvre possède quelques toiles. Seul, le dernier descendant, l'écrivain qui nous occupe, a substitué aux pinceaux, une plume.

M. Huysmans fut élevé à la pension Hortus, dans cet immeuble de la rue du Bac, actuellement occupé par les Dominicains, et il a suivi, en qualité d'externe, les cours du lycée Saint-Louis. Il ne semble pas avoir gardé de cette institution et de ce lycée, un bien reconnaissant souvenir, car dans l'un de ses premiers romans *En ménage* il se livre à une charge à fond de train contre l'éducation laïque et déclare ne se rappeler qu'avec dégoût les années de pensionnat et de collège. Chose plus curieuse, pour un naturaliste de l'école de Zola qui eût dû, semble-t-il, se montrer hostile aux maisons congréganistes et à l'enseignement religieux, dans un autre roman *À rebours* il se révèle, au contraire, plein d'attendrissement pour les écoles dirigées par les Pères Jésuites : « Il (des Esseintes) se rappela ce joug paternel qui s'accommodait mal des punitions… entourait l'enfant d'une surveillance active mais douce, cherchant à lui être agréable… un joug paternel qui consistait à ne pas abrutir l'élève à discuter avec lui, à le traiter déjà en homme, tout en lui conservant le dorlotement d'un bambin gâté ». (page 101).

Quand M. Huysmans eut terminé ses études, il dut, sur la demande de sa famille, commencer son droit, mais il le fit à contre-cœur et profita d'une occasion qui se présentait pour entrer au ministère de l'Intérieur. Il y resta trente-deux ans et fut retraité au mois de février dernier dix ans avant l'âge, pour invalidité physique, dit le *Journal officiel* – aimable euphémisme qui signifie, si je ne me trompe, un départ un peu forcé, justifié par les idées catholiques exprimées par M. Huysmans dans ses derniers livres.

Il fut nommé chevalier de la Légion d'honneur au mois de septembre 1893 et l'on se rappelle encore l'immense éclat de rire de toute la presse, daubant sur le Ministère qui le décorait, non comme homme de lettres, mais comme « rond de cuir » avec cette mention à l'*Officiel* vingt-sept ans de service, « de bouteille » rectifiait M. Huysmans, dans une interview.

À part d'assez longs voyages en Allemagne, en Belgique et en Hollande, et, dans ces dernières années, de fréquentes excursions dans les cloîtres, M. Huysmans ne s'est guère éloigné de cette ville de Paris qu'il a décrite sous toutes ses faces ; il est même l'un des rares Parisiens qui ait toujours habité le même quartier et ait presque constamment vécu dans un même immeuble, dans cette maison de la rue de Sèvres dont il nous a raconté l'histoire dans un récent article (*Écho de Paris* – n° du [5 octobre 1898]) :

> Elle fut un ancien couvent de Prémontrés et ses couloirs, larges à faire charger des escadrons de cavalerie, sont intacts. Toutes les portes des cellules s'ouvrent sur ces allées ; seulement quelques-unes de ces cellules ont été rejointes entre elles et forment de spacieux logis dont les pièces se commandent. Extrêmement hautes de plafond et carrelées, elles sont terriblement froides, l'hiver, et je me souviens d'y avoir passé, dans un immense appartement au premier, toute une enfance à la glace. Les moyens de chauffage étaient succincts à cette époque-là et l'on se bornait à se mettre en rond devant un feu de bois, avec un paravent par-derrière, si bien que l'on avait

les pieds cuits et le dos gelé. Mais en dehors même de ses gigantesques corridors et de son large escalier dans lequel un régiment défilerait à l'aise, cette bâtisse vaut par ses superbes caves, taillées en ogive, pareilles à des églises. Pendant le bombardement du siège et de la Commune, les habitants de la maison s'y réfugièrent et elles étaient si peu humides que les draps des lits y demeuraient secs. En des jours plus heureux, ces celliers bonifiaient merveilleusement le vin et je me rappelle ces vieux bourgognes pelure d'oignon, dont ma famille était fière et que des années de bouteille dans le sable de ces cryptes rendaient incomparables. Ils parfumaient, quand on débouchait les flacons, la pièce, et ils tonifiaient autrement que les kolas, que les chaux, que toutes les balivernes roboratives inventées par les pharmacopoles de notre temps.

Tout cela existe encore, sauf le vieux bourgogne. L'aile droite située dans la cour est l'ancien monastère ; l'établissement de brochure dont je parlai dans *Les Sœurs Vatard* occupe le rez-de-chaussée ; les ateliers sont l'antique réfectoire et les deux étages surmontés de greniers convertis en des chambres sont les cellules des moines.

C'est dans cette maison, en un petit appartement, bourré de bibelots et chargé de livres, qui a été maintes fois dépeint par les reporters, qu'il a écrit tous ses romans.

Il a débuté en 1874 par un recueil de poèmes en prose, *Le Drageoir aux épices* que dans un article du *National*, Théodore de Banville jugeait ainsi, avec beaucoup d'indulgence je l'avoue « joyau de savant orfèvre, ciselé d'une main ferme et légère ». Puis les romans se succèdent : *Marthe, Les Sœurs Vatard, En ménage*, avec entre-temps, une nouvelle insérée dans *Les Soirées de Médan*. Cela nous reporte au beau ou plutôt au mauvais temps du naturalisme.

M. Huysmans en fut un des plus farouches défenseurs. Il apportait à la nouvelle école l'appoint d'une langue, vivante, colorée, bizarre, bien à lui, un tempérament étrange, une sorte d'amalgame de Parisien raffiné et de peintre de Hollande, une vision spéciale faite de mélancolie et d'humour.

Une idée générale domine alors toute son œuvre, le pessimisme de Schopenhauer qui paraît avoir été, pendant cette période de sa vie, l'une de ses grandes admirations. L'existence apparaît dans ces trois romans que nous avons cités, inutile, rêche, et horrible.

Nul horizon, nulle joie, une raillerie pleine d'amertume, une gaieté fébrile, à noter les petits ridicules, les petites misères, de la vie ; ce qui ressort cependant de la lecture attentive de ces volumes qui rentraient dans la catégorie de ceux qu'on qualifia longtemps « d'études cruelles », c'est un mécontentement de soi, un malaise une gêne d'âme, une douleur d'être ainsi. Ah ! il n'apparaît pas comme étant bien fier de lui ! M. Huysmans, dans ces livres !

À noter aussi à propos de ces volumes qui renferment de malheureuses pages qu'on ne saurait laisser entre les mains de tous, c'est que la chair n'y est pas célébrée, mais bafouée, traînée sur la claie, offerte à tous comme un objet de risée et de mépris. En cela, M. Huysmans a toujours différé de l'école naturaliste et surtout de M. Zola ; rien n'est plus amer, plus décevant, plus triste que les amours narrées dans ses œuvres. Tous finissent dans le regret et le désespoir. Ils seraient à guérir du vice, tant il le peint sous des dehors à la fois ridicules et atroces ! Bien qu'ils contiennent de remarquables pages et qu'ils aient apporté à la littérature moderne, des sensations neuves, des aspects nouveaux, des études imprévues d'âme, nous ne nous y attarderons point, car elles ne rentrent pas dans le cadre que nous nous sommes tracé.

Ces trois volumes et une courte nouvelle *À vau-l'eau* constituent la première étape de la vie littéraire de M. Huysmans. Ils sont, nous l'avons dit, le triomphe du pessimisme ; la dernière phrase d'*À vau-l'eau* résume assez bien cette tendance. Après avoir tout tenté pour améliorer son sort et découvrir un restaurant où la nourriture soit vaguement saine, M. Folantin, le héros du livre, qui restera comme un type du vieil employé célibataire et misanthrope, soupire, n'ayant rien trouvé de tout ce qu'il chercha : « Le plus simple est encore de rentrer à la vieille gargote, de retourner demain à l'affreux bercail ; allons décidément le mieux n'existe pas pour les gens sans le sou ; seul, le pire arrive. »

Nous allons maintenant aborder la seconde étape de l'art et nous pouvons ajouter de l'âme de M. Huysmans. Le pessimisme dure encore, il n'a pas répudié Schopenhauer, comme il le fera plus tard dans *En route* lorsqu'il hue ce philosophe « dont la spécialité d'inventaires avant décès, et les herbiers de plaintes sèches l'avaient lassé », mais néanmoins un nouvel homme entre en scène. *À rebours* paraît et les liens que M. Huysmans avait conservés, avec l'école matérialiste de Médan, se brisent. Le coup le plus dur qui fut asséné au naturalisme triomphant, au « cloportisme » comme il l'appellera plus tard, dans un autre livre, c'est le spiritualisme forcené d'*À rebours* qui l'a porté.

L'influence de cet ouvrage fut considérable. Au point de vue de l'art, il rompait avec toutes les traditions du roman, élargissait le cadre habituel de ce genre d'écrits, en y faisant entrer de la critique de littérature et d'art ; il supprimait l'élément dramatique, voire même toute espèce d'action, ne conservant plus qu'un seul personnage, évoluant, et parlant seul, d'un bout à l'autre du livre. Si l'on se rappelle ce qu'était à cette époque, le roman – une éternelle histoire d'adultère, se passant, chez les écrivains distingués, dans le grand monde, chez les écrivains populaciers, dans la petite bourgeoisie ou dans le peuple, l'on se rendra mieux compte de la surprise que produisit, dans la littérature l'apparition de cet *À rebours* dont le sujet peut se résumer en quelques lignes : le duc Floressas des Esseintes, dégoûté de la vie, se retire dans une solitude et s'ingénie à vivre au rebours des autres. Il cherche le raffinement en art, n'arrive qu'à exacerber la névrose dont il souffre et, sur l'ordre du médecin, finit par rentrer, en gémissant, à Paris pour y vivre comme tout le monde.

Sur ce canevas si simple, l'auteur a brodé les plus folles des arabesques et écrit, à coup sûr, les pages les plus bizarres de cette fin de siècle. En un étonnant kaléidoscope, défilent devant nous des ameublements cocasses, un résumé extraordinaire, une sorte d'« of meat », de bouillon concentré de la littérature latine de la Décadence, des théories de pierreries incrustées dans la carapace dorée d'une tortue – idée qui a été tout récemment reprise et mise en pratique par des joailliers pour la joie de femmes qui ne savaient plus à quel goût se vouer.

Puis, viennent l'orgue à bouche, une confondante symphonie de liqueurs avec les rapports et les similitudes qui existent entre chacune d'elles et chacun des instruments qui servent à composer un orchestre – des pages restées célèbres sur la *Salomé* de Gustave Moreau, une fantaisie échevelée sur les orchidées et les fleurs de serre, une autre sur les parfums dont « l'histoire suit pas à pas, selon des Esseintes, celle de notre langue », enfin une étude sur la littérature décadente moderne, révélant au public les noms alors presque inconnus de Villiers de l'Isle-Adam, de Verlaine et de Mallarmé ; tel est en gros, le contenu du livre.

Comme nous l'avons dit, plus haut, M. Huysmans n'a pas encore complètement secoué l'influence lamentable de Schopenhauer, mais *À rebours* ne contient plus la résignation morne, l'indifférence, l'affaissement d'âme, des précédents livres – le dégoût de la vie s'est changé en rage et M. Huysmans saute à la gorge de la Société, l'abat et se roule dessus. Les invectives les plus virulentes se succèdent ; quand il lui faut rentrer à Paris, des Esseintes exaspéré, « s'aperçoit enfin que les raisonnements du pessimisme étaient impuissants à le soulager, que l'impossible croyance en une vie future serait, seule, apaisante ».

Et il songe, récapitulant l'horreur d'un siècle qui prétend se passer de Dieu, il n'y avait plus rien, tout était par terre ; les bourgeois bâfraient de même qu'à Clamart, sur leurs genoux, dans du papier, sous les ruines grandioses de l'Église qui étaient devenues un lieu de rendez-vous, un amas de décombres souillés par d'inqualifiables quolibets et de scandaleuses gaudrioles. Est-ce que pour montrer une bonne fois qu'il existait, le terrible Dieu de la Genèse et le pâle Décloué du Golgotha, n'allaient point ranimer les cataclysmes éteints, rallumer les pluies de flammes qui consumèrent les cités jadis réprouvées et les villes mortes ? est-ce que cette fange allait continuer à couler et à couvrir de sa pestilence, ce vieux monde où ne poussaient plus que des semailles d'iniquités et des moissons d'opprobres ?

Mais là n'est point le véritable intérêt de ce livre ; l'intérêt pour nous, prêtre, consiste en ceci, c'est qu'à partir de ce volume, il entre chez cet écrivain, un nouvel élément, l'élément religieux ; et ce n'est pas une des moindres curiosités que suggère l'étude des premières œuvres de M. Huysmans, que de discerner et de suivre la marche sourde de la Grâce, dans une âme qui ne la soupçonne pas.

Sans doute, M. Huysmans n'a jamais été ce qu'on peut appeler un écrivain antireligieux,

« mangeant du prêtre » dans les journaux ou se livrant à ces misérables facéties sur les choses pieuses qui ont assuré le triste succès de certains livres, il se bornait en somme à rester jusqu'alors indifférent, avouant que depuis sa première communion, il ne mettait plus les pieds dans les églises, que pour des cérémonies de mariage et d'enterrement ; mais, avant *À rebours*, l'on ne sentait pas en lui ces touches divines qui vont se multiplier, l'attendrir même sans qu'il le sache pour amener, après bien des débats et des luttes, à l'explosion d'une conversion.

Dans *À rebours*, l'on découvre déjà des pages entières où l'ancien ami de Zola, épris de l'art de l'Église qu'il examine pour la première fois, de près, fait présager le futur auteur d'*En route* et de *La Cathédrale*. Il y prône déjà la littérature latine chrétienne, le plain-chant ; il se rend déjà compte du rôle immense de l'Église à travers les âges et, à certains moments, il parle d'Elle, comme en parlerait, un fils.

Écoutez-le :

> Il (des Esseintes) vit, en quelque sorte, du haut de son esprit, le panorama de l'Église, son influence

héréditaire sur l'humanité, depuis des siècles ; il se la représenta, désolée et grandiose, énonçant à l'homme l'horreur de la vie, l'inclémence de la destinée, prêchant la patience, la contrition, l'esprit de sacrifice, tâchant de panser les plaies, en montrant les blessures saignantes du Christ, assurant des privilèges divins, promettant la meilleure part du Paradis aux affligés, exhortant la créature humaine à souffrir, à présenter à Dieu, comme un holocauste, ses tribulations et ses offenses, ses vicissitudes et ses peines. Elle devenait véritablement éloquente, maternelle aux misérables, pitoyable aux opprimés, menaçante pour les oppresseurs et les despotes.

J'ai parcouru, par curiosité, la masse des articles que suscita la lecture d'*À rebours*. Presque tous se bornent à célébrer l'art extraordinaire de cette œuvre, cette langue inouïe qui parvient à fixer toutes les couleurs, toutes les nuances, qui est peut-être la plus savante et aussi la plus capiteuse que l'on connaisse, car toutes auprès d'elle, semblent fades, mais aucun ne découvre l'intrusion divine dans un livre dont cependant bien des passages singulièrement montés de ton doivent être blâmés.

Et pourtant, deux écrivains ont l'aperception que ce livre s'élève péniblement, mais s'élève, à force de bonne foi et de douleur, vers Dieu.

L'un, Édouard Drumont, dans le n° de la revue *Le Livre* du 10 juin 1884, dit, après avoir fait les réserves nécessaires sur le côté trop sensuel de l'œuvre,

> il y a vraiment là, comme dans Richepin, cette poignante inquiétude sur la destinée de l'âme humaine ; cette souffrance de ne plus croire que démontrent de la plus expressive façon certaines attaques contre ceux qui croient. C'est par là que l'œuvre est intéressante, c'est par là qu'elle restera avec ses qualités et ses défauts cherchés, pour attester l'effroyable désordre de cerveau que peut produire une époque comme la nôtre. N'est-il pas curieux de voir cette question religieuse être l'unique, la constante préoccupation de toutes les intelligences de quelque valeur ? Le catholicisme était fini, au dire de certains et l'on ne parle que de lui…

L'autre, Barbey d'Aurevilly, voit plus clair encore. Il va, du coup, jusqu'au fond de l'âme, devance l'avenir, prophétise la destinée qui attend M. Huysmans, suivant qu'il obéira à l'emprise divine ou qu'il se rebellera.

Dans son feuilleton du *Constitutionnel* portant la date du 29 juillet 1884, cet admirable écrivain dit :

> C'est à une prière qu'aboutit *À rebours* et, après l'avoir citée :
> Ah ! le courage me fait défaut et le cœur me lève – Seigneur, prenez pitié du chrétien qui doute, de l'incrédule qui voudrait croire, du forçat de la vie qui s'embarque dans la nuit, sous un firmament que n'éclairent plus les fanaux du vieil espoir,

il ajoute :

> Est-ce assez humble et assez soumis ? c'est plus que la prière de Baudelaire.

> Ah ! Seigneur donnez-moi la force et le courage
> De contempler mon corps et mon cœur sans dégoût !

Baudelaire, le satanique Baudelaire qui mourut chrétien, doit être une des admirations de M. Huysmans ; on sent sa présence, comme une chaleur, derrière les plus belles pages que M. Huysmans ait écrites. Eh bien, un jour, je défiai l'originalité de Baudelaire de recommencer *Les Fleurs du Mal* et de faire un pas de plus dans le sens épuisé du blasphème. Aujourd'hui, je serais bien capable de porter à l'auteur d'*À rebours*, le même défi. Après *Les Fleurs du Mal*, dis-je à Baudelaire, il ne vous reste plus logiquement que la bouche d'un pistolet ou les pieds de la croix.

Mais l'auteur d'*À rebours*, les choisira-t-il ?

M. Huysmans a, Dieu merci, fait son choix !

Nous nous sommes longuement étendus sur ce livre, mais d'abord son influence sur l'art de notre temps fut, comme nous l'avons déjà dit, énorme. La littérature décadente date, hélas ! je l'ajoute aussi, d'*À rebours*. Elle ne lui a pris ni son côté douloureux, ni surélevé, mais, bêtement, son côté de raffinement affolé et d'appétits cocasses – et qu'on l'aime ou qu'on ne l'aime pas, des Esseintes n'en reste pas moins le type du raffiné ; son nom sert à désigner désormais et le « fin de siècle » et le névrosé d'art.

Ensuite, ce livre est le point de départ d'une évolution spirituelle de la part de M. Huysmans ; sans lui, cet auteur demeure incompréhensible et la marche de la grâce qui aboutit dans *En route*, ne s'explique plus si vous séparez M. Huysmans de ses anciens livres, tout demeure incompréhensible ; car il n'a pas eu le coup de foudre sur le chemin de Damas ; il s'est converti, peu à peu, lentement et si nous n'étudions pas les livres qui précédèrent *En route*, nous nous privons de constater et de suivre cette œuvre admirable de la Providence arrivant à forcer un homme qui ne croit plus, un mécréant qui n'a pour lui que son honnêteté et sa bonne foi, à aller tomber aux genoux d'un moine, en pleurant, dans une Trappe !

Trois ans se passent et M. Huysmans fait paraître *En rade*. La curiosité de ce livre consiste surtout en sa trame vraiment neuve. Le cadre du roman déjà élargi dans *À rebours*, s'assouplit encore dans ce nouveau livre ; c'est en quelque sorte un thyrse autour de la tige duquel s'enroulent ces deux antinomies, la réalité et le rêve ; la réalité pendant le jour, le rêve pendant la nuit. Le sujet est, en effet, celui-ci : un jeune homme, Jacques Marles, traqué par ses créanciers à Paris part avec sa femme malade, chez des parents à la campagne ; il espère trouver dans le château de Lourps, dont l'oncle de sa femme est le gardien, un abri, une rade, contre la misère et ses ennuis, mais il y est durement exploité par sa famille et revient à Paris, navré.

Bien avant que Zola n'écrivît *La Terre*, ce livre nous raconte avec une exactitude scrupuleuse, trop scrupuleuse, l'âme, le parler, la vie coutumière des paysans. L'intérêt en serait médiocre, si des descriptions vraiment belles de château abandonné, si des paysages fleurant vraiment le plein air, n'interrompaient la monotonie du sujet, la douloureuse psychologie d'époux qui s'aperçoivent, dans cette solitude, de défauts qu'ils étaient parvenus à se cacher, dans la vie plus agitée de Paris. Puis, malgré de regrettables et d'inutiles licences, les pages de rêve, s'envolent au-dessus de tout le terre à terre de ces gens — montrant, tour à tour, l'apparition biblique d'Esther, la lune, ses cirques, ses mers et ses monts, puis le cauchemar, sans suite, voguant en pleine folie, le cauchemar noir.

En rade semble être un livre d'attente dans l'œuvre de M. Huysmans. La langue y est magnifique, plus faisandée et plus savoureuse peut-être encore que dans *À rebours*, mais ce livre reste hybride. M. Huysmans s'y montre encore, selon l'expression de M. Lucien Descaves, « le syndic des faillites de la vie », mais si le naturalisme farouche de ces peintures de paysans est contrebalancé par un besoin d'irréalité, par un débordement d'imagination, par un départ un peu fou, dans les plus bizarres régions des au-delà, qui séparent de plus en plus M. Huysmans de l'école de Médan, nous ne trouvons plus ces accents presque catholiques qui frémissent dans l'âme de des Esseintes. *En rade* est un livre dont le fond est spiritualiste, et voilà tout.

Après cette œuvre, M. Huysmans interrompt la série de ses romans, pour faire paraître *Certains,* un volume de critiques d'art.

Ce livre eut sur les idées artistiques de notre époque, une influence indéniable. Déjà, dans un premier recueil sur la peinture intitulé *L'Art moderne* paru en 1883 M. Huysmans avait contribué plus que tout autre à faire connaître des artistes tels que Gustave Moreau, Degas, Bartholomé, Raffaëlli, Forain, Pissarro, Monet, aidé au triomphe des impressionnistes et lancé le peintre du rêve, Redon. Dans *Certains*, il complète ces précédentes études et explique avec une extraordinaire acuité, l'art des Whistler, des Chéret, et des Rops.

Ces livres sont maintenant classiques, si l'on peut dire, dans le monde de la critique d'art. Mais le grand intérêt qu'ils présentent pour nous, c'est de marquer très nettement un pas en avant de leur auteur, dans les voies mystiques.

Dans une étude sur Odilon Redon, intitulée « Le Monstre », il parle déjà de ce symbolisme catholique qu'il développera plus tard dans *La Cathédrale* ; nous y trouvons aussi une description des monstres tapis en haut des tours de Notre-Dame de Paris qui est, en quelque sorte, une ébauche de ceux que nous verrons installés aux sommets des galeries de Notre-Dame de Chartres ; puis l'attaque forcenée contre le matérialisme, commencée dans *À rebours*, se continue ; un souffle chrétien passe, soulève nombre de pages de ce livre tandis qu'en même temps, dans une merveilleuse et terrible étude sur Félicien Rops, le Satanisme en art se montre.

Là-bas s'annonce ; et après ce livre le dernier tournant de la vie de M. Huysmans sera proche.

Là-bas est bien certainement le plus terrible et le plus dangereux ouvrage qui soit sorti de la plume de M. Huysmans. En tant que roman, nous y retrouvons, plus développé et manié avec plus d'aisance encore, le procédé littéraire de l'alternance que nous avons déjà signalé dans *En rade*. *Là-bas* est un livre mi-partie. Tantôt, en effet, l'écrivain nous montre la passion diabolique, incarnée au Moyen Âge, dans la personne du maréchal Gilles de Rais dont il nous raconte les effrayants forfaits, tantôt il nous relate les recherches de son héros Durtal, en quête du Satanisme, tel qu'il se pratique, paraît-il, encore de nos jours.

Quand ce livre vit le jour, il souleva les plus furieuses des polémiques. Les libres-penseurs et les athées furent outrés, car la religion satanique prouve la religion divine et si Satan existe, Dieu est. On traita donc l'auteur de clérical et de visionnaire, de mystique et de fou. De leur côté, les catholiques, justement épouvantés par les abominables scènes qui se déroulent le long de certains chapitres, protestèrent énergiquement contre ces peintures du Mal. D'aucuns, parmi les membres du clergé, s'émurent de ces révélations et vinrent trouver l'auteur le sommant de se justifier, de prouver que son œuvre n'était pas une affreuse mystification, une invention d'homme de lettres, de romancier.

Pour toute réponse, je me suis laissé dire que M. Huysmans mit sous les yeux de ses visiteurs qui en demeurèrent confondus, un amas de documents parfaitement authentiques dont il ne s'était pas servi et dont il ne voulait pas se servir. Ces documents étaient tels, que ceux consignés dans *Là-bas* seraient, en comparaison, pâles. Pourquoi ne pas le dire, ces pièces font partie d'une correspondance remise à M. Huysmans après la mort d'un prêtre apostat, qui avait été lui-même mêlé aux entreprises du Satanisme.

Mais laissons cela – un fait est certain, c'est que *Là-bas* est un livre qu'il serait périlleux de laisser entre toutes les mains ; mais, il faut bien l'affirmer aussi, en demeurant restreint à un certain cercle, il a rendu service, en ce sens qu'il a démontré, mieux encore que les autres livres de M. Huysmans, le néant du matérialisme, projeté un pinceau de lumière sur la face de celui qui se dérobe toujours derrière un voile d'ombre, en appelant du même coup l'attention sur ces agissements du Démon dont la plus grande force, a dit le P[ère] Ravignan, est d'être parvenu à se faire nier.

Il a sonné un coup de tocsin, prévenu les gens inattentifs de la marche cachée de l'Ennemi ; il a été un cri d'avertissement et d'alarme pour les catholiques.

Il ne faudrait pas s'imaginer non plus que, dans cet épouvantable livre, M. Huysmans, soit resté froid et inerte, sans opinion personnelle, ne se prononçant ni pour les uns, ni pour les autres, ne prenant pas parti dans la lutte. Il s'y révèle au contraire, antisatanique résolu, défendant énergiquement la religion de Dieu, fonçant tête en avant sur les occultistes, sur les spirites, sur les prêtres renégats ; ainsi que le remarquait très justement *L'Observateur français* dans un article qu'il consacrait le 28 avril 1891 à *Là-bas*, M. Huysmans lorsqu'il raconte les méfaits diaboliques

> s'en révolte et il se souvient de son baptême ; et il proteste à mesure qu'il dresse le catalogue des immondes turpitudes par lesquelles des rachetés s'efforcent d'effacer et de polluer la Rédemption. En voyant, pour ainsi dire éclater l'extrasensible et le

suprasensible, M. Huysmans en vient à rôder – c'est son mot – autour de la religion, de cette religion tant calomniée, comme du seul asile où l'humanité puisse échapper aux diaboliques étreintes.

Et ce même journal ajoutait plus loin

que si nous étions un peu plus instruits de ces problèmes, si nous les avions jusqu'à présent moins méprisés comme des choses ridicules, *Là-bas* de M. Huysmans ne nous surprendrait pas comme une découverte douteuse peut-être mais au fond de laquelle, il pourrait bien y avoir quelque chose.

Il terminait enfin sur cette réflexion :

Cette œuvre vient à son heure ; elle ouvre dans le naturalisme non pas seulement littéraire, mais scientifique aussi, une brèche qui ne sera pas réparée. L'immatériel, l'esprit se manifeste. Bientôt pour les aveugles éclatera cette évidence : tomber socialement dans les abîmes du satanisme ou, socialement aussi, confesser Dieu.

De son côté, après les réserves que nécessitaient les scènes nécessairement dépravées du livre, M. Biré disait, dans le n° de la *Revue de France*, du 9 mai 1891, ce livre :

> contient sur le Moyen Âge, sur l'Église, sur les corporations, des vues élevées et généreuses et qui, grâce à Dieu, n'ont à rien démêler avec les manuels du citoyen Paul Bert et avec les enseignements de l'éducation laïque.

Et il ajoutait plus loin :

> cette œuvre est composée avec un art savant, écrite avec un soin et un talent remarquables ; elle renferme une création qui fait le plus grand honneur au romancier, celle du sonneur de cloches de Saint-Sulpice, le Breton Carhaix, un vrai chrétien, celui-là, un vrai catholique, figure originale et poétique qui, placée dans un autre cadre et un autre milieu, aurait mérité de survivre.

Nous donnerons d'ailleurs dans ce recueil toute la partie du livre qui a trait au personnage charmant, en effet, de Carhaix.

Avec *Là-bas* se termine la seconde étape de l'art et de l'âme de M. Huysmans. Avant d'aborder la troisième, n'est-il pas nécessaire de résumer, en quelques lignes ces deux premières phases par lesquelles M. Huysmans a passé. Nous l'avons tout d'abord trouvé pataugeant en plein naturalisme, indifférent à la religion, épris de pessimisme, mécontent de lui-même, aspirant à il ne sait encore quoi. Puis subitement, avec *À rebours*, son horizon s'éclaire. Il a dû, pour ses travaux, s'approcher de l'Église et déjà l'art admirable du Moyen Âge l'a pris. Il rompt avec le naturalisme de Zola qu'il qualifie « de théorie de cerveau mal famé, de miteux et d'étroit système » et auquel il reproche « d'avoir incarné le matérialisme dans la littérature et d'avoir glorifié la démocratie de l'art ». Son idéal s'épure ; il l'énonce dans *Certains* et plus clairement encore dans *Là-bas* où dès les premières pages, il renie ses premiers engouements et exprime ce qu'il voudrait désormais faire en art. Cet idéal n'est autre que cet art catholique du Moyen Âge qui l'a conquis et il le caractérise d'un mot « le Naturalisme mystique ».

Il le trouvait pleinement réalisé par les Primitifs, cet idéal. Ceux-là avaient, dans l'Italie, dans l'Allemagne, dans les Flandres surtout, clamé les blanches ampleurs des âmes saintes ; dans leurs décors authentiques, patiemment certains, des êtres surgissaient en des postures prises sur le vif, d'une réalité subjuguante et sûre ; et de ces gens à têtes souvent communes, de ces physionomies parfois laides mais puissamment évoquées dans leurs ensembles, émanaient des joies célestes, des détresses aiguës, des bonaces d'esprit, des cyclones d'âme. Il y avait, en quelque sorte, une transformation de la matière détendue ou comprimée, une échappée hors des sens, sur d'infinis lointains.

Et, en même temps qu'il nous livre cet idéal que nous allons, en effet, voir appliqué dans ses nouveaux livres, il nous révèle inconsciemment les touches de la grâce qui lentement l'attirent :

> Il regardait devant lui et ne voyait dans l'avenir que des sujets d'amertumes et d'alarmes ; alors, il cherchait des consolations, et des apaisements et il en était bien réduit à se dire que la religion est la seule qui sache encore panser avec les plus veloutés des onguents, les plus impatientes des plaies… Il rôdait constamment autour d'elle, car si elle ne repose sur

aucune base qui soit sûre, elle jaillit du moins en de telles efflorescences que jamais l'âme n'a pu s'enrouler sur de plus ardentes tiges et monter avec elles et se perdre dans le ravissement, hors des distances, hors des mondes, à des hauteurs plus inouïes – puis elle agissait encore sur Durtal, par son art extatique et intime, par la splendeur de ses légendes, par la rayonnante naïveté de ses vies de saints.

Il n'y croyait pas et cependant, il admettait le surnaturel, car, sur cette terre même, comment nier le mystère qui surgit chez nous, à nos côtés, dans la rue, partout, quand on y songe ?

Tel était l'état d'âme de Durtal au moment où sous les attaques répétées de la Grâce qui se préparent, il va lui falloir se décider ou refuser d'obéir aux volontés manifestes du Sauveur ou accepter de renverser sa vie dans une Trappe.

La 3ᵉ étape de sa vie spirituelle est maintenant venue.

Elle s'affirme avec *En route*, pour se poursuivre avec *La Cathédrale* et avec *L'Oblat*. Le sujet d'*En route* est connu. Le Durtal de *Là-bas* travaillé par la grâce, plein de dégoût pour son existence présente, de regrets pour ses fautes passées, se traîne dans les églises, attiré par Dieu et retenu par ses vices. Il tâche de se ravitailler l'âme, avec la Mystique et le plain-chant ; mais le vieil homme n'est pas mort en lui ; il fait un pas en avant, puis recule, tombe et se relève, jusqu'à ce qu'un prêtre, pris de pitié pour lui, l'envoie, quand il le juge mûr pour une conversion, dans une Trappe.

Ces débats de Durtal avec lui-même occupent toute la première partie du livre ; la seconde est tenue tout entière par le séjour à la Trappe. Durtal y subit les plus atroces des tentations, se confesse, communie et revient à Paris.

L'on se rappelle le succès retentissant du livre. La presse entière tonna. Et chose étrange, alors que les libres-penseurs, bien qu'exaspérés par le sujet du livre, acclamaient l'art merveilleux de l'artiste, les catholiques, surpris par la carrure des idées et la véhémence du style, blessés aussi par les attaques peu mesurées auxquelles M. Huysmans se livrait contre le clergé, se ruaient furieusement sur lui, lui reprochant de ne pas écrire la langue du XVIIe siècle, mettant même en doute la sincérité de sa conversion

Nul prêtre, pourvu qu'il eût un peu la pratique des âmes, ne pouvait cependant s'y tromper ! comme le disait Mgr d'Hulst, il y a dans ce livre des choses qui ne s'inventent pas. L'homme qui a décrit de tels états d'âme les a évidemment ressentis.

Devant la violence des attaques, M. Huysmans se bornait à hausser les épaules, – en homme qui en avait vu, dans sa vie littéraire, bien d'autres, du reste – et il répondait un jour à un moine qui le plaignait d'être aussi mal compris et si méchamment jugé : mais, mon père, le jour où j'ai écrit *En route*, je savais fort bien que je n'avais à attendre, des libres-penseurs, que des railleries et des catholiques que des injures. Je n'ignorais pas, non plus, que je risquais ma place au ministère de l'Intérieur ; et il eût fallu que je fusse vraiment le dernier des imbéciles, si je n'avais pas été converti, pour jouer un rôle où j'avais tout à perdre et rien à gagner. Et il ajouta, en souriant : Du train où tout ça va, mon âme va devenir un lieu public où tout le monde se croira le droit d'entrer, sans même prendre la peine de s'essuyer les pieds.

Mais, il sied de le dire, le premier moment de stupeur passé, la presse catholique se montra plus équitable et plus douce. Très bravement, dans un remarquable article du *Monde* (12 mars 1895), M. l'abbé Klein défendit le livre qu'il disait être

> du style le plus expressif, le plus coloré, le plus audacieux, d'une vérité d'analyse et d'une vivacité de sentiments tellement saisissants qu'on se demande si, depuis Balzac, cette forme-là n'était pas perdue.

Et il poursuivait :

> C'est une conversion sérieuse que celle de l'écrivain Durtal. D'abord, il se montre logique et suit jusqu'au terme le chemin de vérité. Il ne se contente pas, suivant une mode assez reçue, de découvrir et de célébrer la morale chrétienne, en la dégageant à la fois des dogmes qui en forment la charpente, et de la pratique réelle, sans laquelle, ce n'est qu'un beau rêve. Il ne fait pas son choix dans l'Évangile ; il ajoute foi à la parole sacrée, non seulement quand Jésus prescrit la justice, la bonté, la pureté, mais aussi quand il se dit Dieu, et quand, pour transmettre sa doctrine, il institue l'Église. C'est pourquoi, il prie, le Christ ayant dit : priez ; il se repent, le Christ ayant dit : faites pénitence ; il se confesse et il communie, le

Christ ayant dit à ses apôtres de remettre les péchés et ayant affirmé, sans nul égard pour l'étonnement des auditeurs, si vous ne mangez de ma chair et ne buvez de mon sang, vous n'aurez pas la vie en vous.

De son côté, dans la *Revue du monde catholique* du 1ᵉʳ août 1895, M. l'abbé Moniquet s'exprimait de la sorte :

> L'attrait de ce livre est qu'il élève la pensée au-dessus de terre, que l'âme, ses besoins, ses rapports avec le monde invisible, en fait le fond d'un bout à l'autre ; par là, ce livre n'est pas une œuvre du moment, c'est une œuvre de tous les temps, une œuvre, pour ainsi dire, éternelle comme les questions qu'il soulève ; et cette œuvre n'intéresse pas une catégorie de lecteurs plus ou moins lettrés, elle intéresse tout homme ayant conscience d'avoir une âme.

Les écrivains, même ceux qui font le plus de restrictions au sujet de ce livre, ne se montrent pas moins justes quand il s'agit d'en apprécier la valeur.

Dans la revue des *Études religieuses* (15 avril 1895), le R. P. Noury s. j. s'écrie : « Il faut avouer que M. Huysmans déploie dans ses peintures, une puissance d'observation vraiment étonnante ! » – et dans le même recueil (31 août 1895 :) le R. P. Cornut, si peu indulgent cependant pour la littérature de notre époque, déclare que

> dans ce livre curieux, profond, émouvant, il y a l'histoire d'une âme qui hait le mal, qui en triomphe et qui remonte à la vraie lumière ; c'est ce qui lui donne son intérêt poignant et sa haute portée.

La même note est également tournée par la *Revue thomiste* (mai 1895) disant que « l'ensemble du recueil est digne de louange et que les lecteurs un peu initiés à la littérature y prendront un vif intérêt ».

Par *Le Sillon* (10 avril 1895) :

> On a dit qu'*En route* est un livre abominable ou un livre admirable. Abominable, quelques-uns le jugent ainsi ; cela tient à ce que M. Huysmans n'a nullement modifié sa manière d'écrire. Il est resté lui-même, il a gardé son franc-parler ; c'est aux hommes qu'il s'adresse, non aux enfants, et il revendique le droit de leur parler sans ambages, comme l'eût fait

autrefois un de ces prédicateurs du Moyen Âge qu'il aime tant – admirable alors ? pas davantage ; je ne vois pas que Durtal soit un héros ; c'est un pauvre homme, bien faible, bien malheureux, qui cherche la lumière et comme il a beaucoup de mal à sortir de sa nuit, il souffre et il faut le plaindre, car s'il fait quelquefois fausse route, c'est de bonne foi.

Par *Le XXe siècle* (décembre 1895), qui termine ainsi un éloquent plaidoyer en faveur du livre :

Nous le répétons, M. Huysmans a fait une œuvre utile et bonne, en publiant un livre dont la lecture est capable d'inspirer un sentiment profond de la grandeur et de la sublimité de la religion chrétienne.

Par *La Corporation* (8 juin 1895) où nous trouvons sous la plume de M. de Marolles ces phrases :

C'est du réalisme comme chez Zola avec la mauvaise odeur en moins et l'amour du beau en plus. La splendeur du catholicisme y éclate et domine tout le reste. On y trouve des observations profondes sur l'action de la grâce, des réfutations frappantes des grosses objections qui tentent l'esprit comme la passion tente le cœur, des appels à la communion fréquente, un respect constant envers les hommes et les choses de la religion, une sainte horreur du vulgaire et du convenu, de merveilleuses dissertations sur notre primitive musique d'église, sur ce sublime plain-chant si massacré de nos jours ou remplacé par des fioritures intolérables.

Bref, c'est un livre fait pour ramener les gens de très-loin…

L'on peut même constater que dans les articles les plus mécontents et les plus durs, la rigueur se tempère d'une certaine sympathie pour cet art extraordinaire et ces accents désespérés d'âme. Ainsi :

Dans *L'Univers* du 6 mars, M. Pierre Veuillot qui, lui, a compris dès les premiers jours que la conversion de M. Huysmans était réelle, dit à propos du style :

on lit jusqu'au bout et les sourires et les sursauts deviennent, comme nous l'avons dit, de plus en plus rares. Non seulement on s'accoutume à ce patient et constant travail de marqueterie hétéroclite, mais on s'y intéresse ; il arrive à plaire…

Dans *La Vérité* du 11 du même mois, M. G. Bois terminait ainsi une étude sévère consacrée au livre :

> Nous avons dit de *Là-bas*, il y a bientôt deux ans que c'était un mauvais livre ; nous ne dirons pas d'*En route* que c'est un bon livre qu'on puisse laisser entre toutes les mains, mais, sans en juger la doctrine et sans le recommander, ni le supposer exempt d'erreur, ne considérant que l'œuvre littéraire, nous ne la condamnerons pas. Elle a des rugosités, des brutalités, des défauts, des inconvénients, mais elle a aussi de la vigueur, de la vérité, de la sincérité et ces qualités y tiennent assez de place pour mériter et retenir l'attention.

Enfin dans un très intéressant volume du Père Pacheu s. j. intitulé *De Dante à Verlaine*, nous trouvons une étude très-serrée sur *En route*.

D'où nous extrayons cette page :

> Il est inutile de feindre : Durtal c'est M. J.-K. Huysmans, autant du moins qu'un artiste se met, lui-même, en ses œuvres avec une sélection par laquelle il idéalise. D'ailleurs, la feinte n'est guère ici

possible. Des lettrés sans expérience d'âmes peuvent s'y tromper, il est malaisé de comprendre qu'un prêtre hésite. Impossible d'inventer les peintures intimes et les sentiments d'*En route*, il faut avoir vécu ces transes, pour les épier et transcrire ainsi ces hésitations, ces scrupules, ces flux et ces reflux d'âme, ces motions d'esprits dont un directeur a vite le discernement, s'il est doué. – Et s'il n'est pas doué… c'est pour longtemps. Confondre la droiture de Durtal avec les fumisteries d'un sauteur, ne mérite pas un brevet de perspicacité surnaturelle.

S'acharner deux ans, après *En route*, à mettre en doute la sincérité personnelle de l'auteur, c'est étrange et si j'osais dire en toute carrure de franchise, cela manque totalement de sens. Assez peu vous importe, n'est-ce pas que des amis attestent, d'après ses conversations et ses lettres, la sincérité d'un homme qu'ils ont le droit d'estimer. N'est-il pas avéré que depuis six ans il est un converti pratiquant, priant, édifiant – que ses amis Bénédictins l'ont souvent reçu – que la Trappe l'a vu de nouveau plus d'une fois raviver dans la solitude, son âme et son talent ? Il a fait de mauvais livres ! – bien sûr, puisqu'il se convertit, on se doutait qu'il eût quelques accrocs à quelques vertus – Ces livres sales se vendent encore – Mais, charitable et pudibond samaritain, ne les achetez pas, ne les lisez pas, ne les conseillez pas et de grâce, songez qu'avec les libraires comme avec d'autres contractants il est des conventions synallagmatiques qu'on ne déchire pas à son gré…

Mais *En route* même est un mauvais livre à son 18ᵉ mille !

Ici causons.

Ezéchiel n'est pas un mauvais livre ; *Phèdre* de Racine n'est pas une mauvaise pièce, une soirée à l'Opéra, n'est pas forcément une mauvaise soirée. Mais ce peuvent être des livres, des soirées non sans danger. Une jeune fille encore en pension chez les Dames du Sacré-Cœur, ou aux Oiseaux, ou à l'Abbaye-aux-Bois, fera peut-être bien de s'abstenir. *En route* rentre dans cette catégorie d'œuvres périlleuses à certains. Je ne répondrais pas qu'il n'ait point fait de mal aux imprudents, mais sûrement ce livre a fait du bien et aidé quelques retours d'âmes sincères.

Qu'il nous soit permis d'ajouter à notre tour que ce livre a fait, à notre connaissance, de très nombreuses conversions, surtout dans le monde des protestants et décidé de moins nombreuses vocations dans les cloîtres. Traduit en anglais, il a obtenu un succès énorme en Angleterre, et ramené à

Dieu bien des âmes. Il a même ému le vieil homme d'État, M. Gladstone qui, dans une lettre rendue publique, en a fait l'éloge. Or, à l'arbre, on juge ses fruits.

Il nous reste à nous excuser d'avoir donné de si longs extraits des passages favorables découpés dans les seuls journaux des catholiques. Pour être juste, il eût fallu parler aussi de la brave phalange des jeunes catholiques belges, le député Carton de Wiart, l'abbé Moeller, Pol Demade, Firmin Van den Bosch, Ramaeckers, Loise, Arnold Goffin qui dans la *Durendal*, le *Magasin littéraire* de Gand, *La Revue générale*, *La Lutte*, *La Jeune Belgique*, ont soutenu avec la dernière énergie le livre. Mais l'on excusera ces longueurs si l'on veut bien voir qu'elles ont pour but de montrer que ces feuilles catholiques auxquelles M. Huysmans attribuait, lui-même, une haine invétérée de l'art, se sont montrées tout aussi aptes que les feuilles profanes, à le comprendre.

Nous ne nous étendrons pas davantage sur le livre dont nous donnerons du reste, dans ce recueil, des chapitres entiers et nous arrivons à *La Cathédrale*.

Trois ans se sont écoulés, entre-temps

M. Huysmans a fait paraître une préface au *Catéchisme* de M. l'abbé Dutilliet, revu par M. l'abbé Vigourel, directeur à Saint-Sulpice – cette préface sur laquelle M. le marquis de Ségur a fait un très savoureux article dans *L'Univers* (n° du 20 novembre 1897) nous la donnerons également dans ce livre.

Au mois de février, *Le Correspondant* fait paraître le premier chapitre de *La Cathédrale* et aussitôt une vive polémique s'engage entre M. Lavedan, directeur de cette revue et M. Huysmans, d'une part, et de l'autre M. Roussel, directeur de *La Vérité*. On peut présager déjà que l'apparition de *La Cathédrale* en librairie mettra le feu aux poudres.

Mais si M. Huysmans a gardé dans le parti catholique, dans le clergé de province surtout des adversaires résolus à ne pas désarmer, le nombre des prêtres et des chrétiens qui l'encouragent s'est singulièrement accru. Le volume peut, cette fois, être mis entre toutes les mains et, un peu déroutés, par ce livre qui affirme sa foi catholique et où ils ne trouvent plus de pages licencieuses à relever, ses ennemis se taisent, attendent que le calme se soit rétabli, pour attaquer.

Nous allons procéder comme pour *En route*, en donnant les passages des études catholiques qui ont été consacrées à ce livre :

Les quatre grandes revues catholiques consacrent une longue étude au livre et par la même occasion reviennent à *En route*. Du *Correspondant*, nous ne parlerons pas, l'auteur de l'article, n'étant autre que celui qui écrit ces présentes lignes. Dans *La Quinzaine* (1er mars 1898), M. l'abbé Broussolle, du clergé de Paris, a écrit une longue et pénétrante étude qu'il faut lire pour apprécier combien l'écrivain est entré dans l'âme et l'esprit de l'auteur. Faute de place nous en donnerons seulement la conclusion :

Il faudrait pour bien juger l'œuvre de M. Huysmans, commencer par la vivre avec lui et comme lui. On n'y pensera guère car de *La Cathédrale* le lecteur moins sérieux ne gardera probablement que le souvenir enthousiaste de quelques morceaux de bravoure admirables. Ils abondent, sans doute, et je veux le redire, en finissant. Des pages par exemple comme celles où il nous fait assister dans la crypte à la messe de l'aurore, la littérature catholique n'en compte pas de semblables. C'est du Chateaubriand mais plus profond, plus intime, plus vrai, une page détachée d'un nouveau *Génie du christianisme*, écrit, cette fois, non plus avec la seule imagination d'un poète, mais avec l'âme tout entière d'un artiste chrétien et, pour en célébrer la beauté totale, non plus le luxe d'apparat. Combien cependant y aura-t-il de lecteurs assez patients pour se demander si peut-être, il n'en serait pas ainsi de tout le livre ? *La Cathédrale* de M. H. m'apparaît comme un inventaire passionné de sensations rares et profondes dont chacune a eu sa résonance immédiate dans l'œuvre surnaturelle du perfectionnement de sa vie.

Dans les *Études religieuses* (20 avril 1898) nous trouvons une substantielle étude [que] le R. P. Noury débute ainsi :

> *La Cathédrale* est le livre le plus sérieux qui soit sorti de la plume de M. Huysmans. C'est une œuvre à la fois, artistique, archéologique et mystique. Les amateurs, les érudits feront leurs délices d'un grand nombre de ces pages imprégnées d'une puissante originalité, d'une critique, outrée presque toujours, mais fort intéressante et parfois animée d'un souffle religieux, aussi ardent que sincère.

Et il poursuit plus loin :

> Si l'on veut apprécier ce livre, il faut le lire résolument du commencement à la fin. Il y a des longueurs, il ne faut pas craindre de les affronter. Bossuet disait de Suarez « il est long, mais il paie bien ». Sans comparaison, je dirai que si Durtal est long, il n'est pas mauvais payeur. Après l'avoir lu, avec un véritable intérêt dans ses envolées psychologiques, morales, ascétiques, tout en protestant contre ses exagérations d'images, de style et même de doctrine, on s'arrête, on se recueille et le résultat n'est pas douteux. Il reste au fond de l'âme, un sentiment profond de l'art religieux, de la liturgie catholique, des relations de l'homme avec Dieu, de ce mysticisme dont l'auteur parle sans cesse, sans le définir, et qui n'est autre que les rapports intimes de l'âme humaine avec le Créateur.

Dans la *Revue thomiste* (septembre 1898) une magistrale étude de M. Claude des Roches embrasse à la fois *En route* et *La Cathédrale* ; elle explique avec une lucidité très remarquable la marche de la grâce au travers de ces livres, et elle conclut ainsi, très théologiquement, très nettement :

On a prêté à M. Huysmans – à propos de la conversion de Durtal – bien des sottises. On y a vu un coup de tête, un pur caprice.

C'est une injustice et un contresens. La Foi n'est pas venue à Durtal à travers les tableaux de l'Angelico, ou par les verrières de Chartres, et ce n'est pas parce que les moines lui ont fait entendre de belle musique, qu'il a cru. Tout au plus pourrait-on dire que l'art chrétien, qu'il a su comprendre, lui a appris à ne pas considérer le christianisme comme une chose basse et absurde. Voilà, si l'on veut, une invite à étudier la doctrine chrétienne et par là à se convertir peut-être. Mais justement cette étude-là, Durtal ne l'a point faite. Même par ce biais, sa foi n'est pas l'œuvre de son imagination d'artiste.

L'art y a aidé cependant de la façon la plus légitime, la plus raisonnable. Il a nourri chez Durtal, cette inquiétude salutaire, cette recherche d'un je-ne-sais-quoi, par où se complète ce que la nature et l'homme ont d'imparfait et d'incomplet. Il y a bien un certain art qui, par son apparence d'achevé et par son manque de profondeur, offre une satisfaction facile, une jouissance et un apaisement d'une heure ; Raphaël, si l'on veut, en face de Michel-Ange. Mais justement Durtal ne s'est jamais contenté de ce repos et de ce plaisir. Toujours en chemin, et souvent, hélas ! par des routes affreuses, il a exacerbé l'inquiétude naturelle de son goût et de son esprit. Au risque de s'enliser dans les pires marécages, il a cherché infatigablement ; et quoiqu'il ne pût définir l'art souverain auquel il prétendait, il ne cessait d'y prétendre.

Mais, pendant cette recherche, il abandonnait au hasard et aux tendances obscures de son être ses croyances et le gouvernement de sa vie. Aussi, quand sa recherche fut couronnée de succès et qu'il eut le temps de revenir sur lui-même, il fut épouvanté de ce qu'il y vit. Un Jean-Jacques Rousseau, après avoir remué toute l'ordure de sa vie, peut demander quel homme avait été plus vertueux que lui. Un Durtal au contraire, artiste sincère, observateur perspicace, se rend compte de ce qu'il a fait de son âme ; il reconnaît qu'il a amassé en lui des ténèbres, qu'il y a amoncelé ce qu'on appelle des pourritures. Dès lors il veut introduire dans les châteaux profanés de son âme la lumière et la beauté qu'il a rêvées dans l'art. Ce principe d'inquiétude, qui le traînait à la poursuite des plus étranges artistes, jusqu'au refuge de *La Cathédrale*, le jette, après les péripéties que vous savez, aux pieds du prieur de Notre-Dame de l'Âtre. Son âme d'homme suit une marche parallèle aux progrès de son âme d'artiste.

Maintenant, on a encore reproché à M. Huysmans que son héros revient à la foi, sans avoir fait à son usage un cours d'apologétique. J'ai déjà dit que rien n'eût été plus faux, plus inutile.

Cette conversion ne s'opère point par une suite concertée de raisonnements et de décisions. Est-ce un mal ? loin de là. Elle s'effectue selon la dialectique divine de la grâce. Voilà le mérite capital des livres de M. Huysmans. Il a affirmé, il a montré le fait de la grâce. Le sentiment religieux ressemble – avec certaines particularités – à tous les autres sentiments ; comme eux il se nourrit de raisons bonnes ou mauvaises, qu'invente l'esprit ; comme eux il s'entretient par les manifestations extérieures ; comme eux il s'exalte ; comme eux aussi, il peut décliner et mourir ; mais pour qu'il se transforme en notre foi sainte et divine, la grâce est nécessaire. La grâce de la conversion n'est pas un sentiment qui s'ajoute à un sentiment. Ce n'est pas une idée que le raisonnement gouverne. C'est une action, une action étrange ; attentive et douloureuse à la fois, mystérieusement cachée dans les racines de notre être. Cette grâce de la conversion, c'est un appel direct divinement approprié à l'âme qui en est l'objet, un appel de l'âme par son nom. Tout cela, Durtal l'a éprouvé, l'a dit. Il y a bien longtemps que la littérature du roman, avec toutes ses prétentions à la psychologie, n'était allée si près de la vérité essentielle et de la vie.

Si nous passons maintenant aux revues catholiques des jeunes, nous trouvons une élogieuse et solide étude de M. Jean Lionnet dans *Le Sillon* et dans *Le XXᵉ siècle* tout un travail sur le critique d'art chrétien que se révèle M. H. dans *La Cathédrale* ; cette étude conclut de la sorte :

> Que l'on discute tant que l'on voudra sur la valeur intrinsèque de telles ou telles des œuvres et des pratiques que blâme ou que loue M. Huysmans, peu importe ; ce qui reste de son livre, l'impression claire et précise que l'on garde de sa lecture, est que l'Église a été capable d'inspirer, par la sublimité de ses mystères et la beauté de ses enseignements, le plus merveilleux élan artistique qui se soit jamais vu dans le monde. M. H. a voulu dans *La Cathédrale* élever un monument à l'incomparable fécondité des siècles chrétiens ; il l'a fait, à sa manière, avec la vivacité d'allure, l'originalité de la langue et la liberté d'appréciation qui le caractérisent ; il avait le droit de le faire et qui plus est, il a bien fait.

Quant à la presse quotidienne, elle subit l'influence de l'exaltation des uns et des anathèmes des autres, contre M. H. *L'Univers* fait trois articles, un sympathique, malgré ses restrictions, de M. Fr. Veuillot – un qui est une pure dénonciation à Rome et un amas de soupçons injurieux, rédigé par un chanoine honoraire – un 3e de M. le marquis de Ségur qui répond en quelque sorte à ce *factum* et réplique à ceux qui doutent encore de la conversion de M. Huysmans.

> Témoin du retour progressif à Dieu de M. Huysmans, de sa fidélité sans défaillances à la loi chrétienne depuis sa conversion, de sa foi d'enfant, de son ardente dévotion à la S[ain]te Vierge Marie, de l'austérité pénitente et laborieuse de sa vie, cachée tantôt dans un cloître, tantôt d[an]s son logis, je pourrais dire d[an]s sa cellule de la rue de Sèvres à Paris.

Entre parenthèses – puisque nous avons parlé de Rome notons que dans une allocution prononcée au mois d'avril 1898 devant les séminaristes français de cette ville, Son Éminence le cardinal Rampolla a parlé de *La Cathédrale* et de M. Huysmans, nullement pour le blâmer mais tout au contraire pour approuver certaines idées qu'il exprime sur l'art et le plain-chant.

Dans *La Vérité* (14 mars 1898) nous trouvons un très bel article de M. Loth, qui défend le livre.

> C'est merveille, dit-il, d'être arrivé à composer pour le grand public un volume avec des descriptions de portails, de clochers, et de statues, avec des commentaires sur le symbolisme monumental. Il est vrai que ces études qui deviendraient un peu fastidieuses à la longue, même coupées par des dialogues avec les interlocuteurs de Durtal sont relevées par des comparaisons piquantes avec d'autres cathédrales, vivifiées par de savantes digressions sur la sculpture et la peinture religieuses et entre autres, cette description si ingénieuse et si pénétrante du *Couronnement de la Vierge* de Fra Angelico, variées aussi par des excursions dans la mystique et la vie des saints et enfin rehaussées par l'éclat d'un style souvent heurté et abrupt, abandonné jusqu'à la trivialité ou tendu jusqu'à l'effort, mais toujours coloré, expressif, empoignant et avec cela enrichi d'images abondantes et vives, curieux dans son originalité et dans ses néologismes pittoresques que seul peut se permettre un écrivain dont

les livres s'enlèvent en quinze jours à dix éditions.

Et combien de belles pages rompent avec une certaine monotonie inévitable et compensent les lourdeurs du sujet. Quel enthousiasme fort, quel sentiment profond de cette incomparable cathédrale de Chartres où Durtal se plaît surtout à voir la glorification de la Vierge Marie pour laquelle il montre une dévotion affectueuse, qui va même jusqu'à une familiarité trop réaliste dans l'expression !

Par ce temps d'érudition sèche et pédante, on n'oserait presque plus parler de la symbolique des églises. Il a fallu un écrivain hardi, original, en possession de la faveur, pour renouveler ce vieux sujet et rendre à nos cathédrales un sens qu'elles ont bien perdu aujourd'hui.

Dans *Le Peuple français* (10 mars 1898), un aimable article de Paule Vigneron dont voici le début :

> Loin du tumulte, M. Huysmans se recueille aux pieds de la Vierge de Chartres et c'est une douceur de le suivre. Artiste et croyant, il aime dans la religion catholique la beauté toujours ancienne et toujours nouvelle, beauté intérieure de l'âme qui gravit dans la paix les degrés de l'amour divin, beauté matérielle des

symboles qui revêtent la vérité des formes admirables de la liturgie, car le catholicisme prend l'être tout entier, esprit, cœur, imagination, sens, à l'encontre des philosophes qui ne s'adressent qu'à l'intelligence raisonnante et croient résoudre par le syllogisme l'infini problème de la vie humaine.

Ce résumé de la presse catholique serait incomplet, si nous ne mentionnions au moins pour souvenir le très éloquent article de Coppée paru dans *Le Journal* du 10 mars 1898. Nous ne croyons pas utile d'en détacher des morceaux, car le livre de bonne douleur où il est inséré est à l'heure actuelle entre toutes les mains des catholiques.

Notons seulement au passage, comme un signe extraordinaire des temps, ce fait : au moment où la religion est le plus vivement attaquée et au moment aussi où la presse religieuse n'est plus lue que par un nombre restreint de personnes, deux écrivains convertis défendent, Coppée dans *Le Journal* et Huysmans, dans *L'Écho de Paris*, la religion catholique, dans les feuilles les plus lues du boulevard.

Avant de clore ce trop long préambule, il nous paraît utile, pour l'intelligence complète de l'œuvre de M. Huysmans, de faire quelques remarques :

En route, comme l'a très bien fait remarquer le Père Pacheu est le premier volume d'une trilogie qui se composera de *La Cathédrale* qui a paru et de *L'Oblat* qui reste à paraître.

Mais en sus de l'étude d'âme qui ne doit avoir son épanouissement que dans le dernier livre, il y a dans *En route* et *La Cathédrale* d'autres études intéressantes, en ce sens qu'elles aussi concourent à former un tout.

Dans *En route*, il y a un résumé de la mystique et une étude sur le plain-chant.

Dans *La Cathédrale*, il y a la grande science de la Symbolique, au Moyen Âge, poursuivie dans toutes ses ramifications : symbolique des Écritures, des couleurs, des gemmes, de l'architecture, des nombres, des parfums, de la faune et de la flore, toutes parties très-documentées, avec l'aide des Bénédictins de Solesmes – plus une étude de l'art religieux : peinture des Primitifs et peinture catholique moderne – sculpture et architecture du Moyen Âge.

Tout l'art de l'Église y passe. Dans *L'Oblat*, M. Huysmans montrera, en outre de la vie et de l'âme des cloîtres, la liturgie – et alors, il aura parcouru le cycle de l'Église et résumé son art extérieur et intérieur, son corps et son âme.

Il ne faut pas oublier ce point de vue général, si l'on veut bien se rendre compte de l'énorme labeur que M. Huysmans a entrepris, dans le but de magnifier celle qu'il appelle dans ses livres, sa Mère l'Église.

TABLE DES MATIÈRES

Avant-propos   5

Les rêveries d'un croyant grincheux   15

Joris-Karl Huysmans. Par A. Meunier   53

Biographie. Notes pour la préface de l'abbé Mugnier   65

Achevé d'imprimer dans l'Union Européenne.
Dépôt légal : 2019